Maxim und Fjodor

Wladimir Schinkarjow

Maxim und Fjodor

Eine Sache in drei Teilen

und

Der Hausigel

Aus dem Russischen übersetzt von Beate Rausch

Berlin Verlag

Die Originalausgabe erschien
1996 unter dem Titel
Maxim i Fjodor
bei Nowy Gelikon, St. Petersburg

Umschlaggestaltung:
Nina Rothfos
und Patrick Gabler, Hamburg
Gesetzt aus der Grotesque und
der Stempel Garamond
Druck & Bindung:
DAN d.d. Ljubljana
Printed in Slowenia 1998
Isbn 3-8270-0289-3

Gedruckt auf
chlor- und säurefreiem Papier

Maxim und Fjodor.

Eine Sache in drei Teilen

Igor Konstantinow
gewidmet,
wie alles, was ich tue.

Maxim und Fjodor

Eine Sache in drei Teilen

Alles erschien ihm seltsam auf
dieser Welt, wie für ein schnelles
und zynisches Spiel erschaffen.
Aber dieses vorsätzliche Spiel
zog sich lange hin, eine Ewigkeit,
und lachen will und kann jetzt
niemand mehr darüber …
… Arme Wesen tragen in sich
das Gefühl einer anderen,
glücklichen, einer unumgäng-
lichen und unbedingten
Bestimmung – warum tun sie
sich also so schwer und warten
auf irgend etwas?

Andrej Platonow

Erster Teil

Maxim und Fjodor

Gedanken (Aphorismen, Maximen, Fjodoren)

Ein gewisser Maxim negierte die Größe der marxistischen Philosophie, doch als er von der entsprechenden Behörde vorgeladen wurde, negierte er seine Negation, wodurch er sich der Richtigkeit des Gesetzes der Negation der Negation vergewisserte.

Maxim verachtete die Unbildung und die geringen intellektuellen Qualitäten seines Freundes Fjodor und hob gern hervor, daß sie einander absolut entgegengesetzt seien. Oft entstand aus diesem Grunde zwischen ihnen ein Streit oder sogar eine Prügelei. Einmal, nachdem Maxim Fjodor kräftig eine reingedonnert hatte, bemerkte er mit Befriedigung, daß er das Gesetz von Einheit und Widerspruch der Gegensätze beherrschte.

Maxims Bekannter Pjotr (ausführlicher zu ihm weiter unten) hegte seit seiner Kindheit einen unbezwingbaren Drang, sich umzubringen. Wenn er über eine Brücke ging, konnte er oftmals der Versuchung nicht widerstehen, mit dem Leben abzurechnen – und stürzte sich in die Tiefe ... Den Rest des Weges bewältigte der zur Vernunft gekommene Pjotr schwimmenderweise.
Diese suizidalen Anwandlungen, von denen der empfindsame junge Mann immer wieder befallen wurde, verhalfen ihm zu einer ausgezeichneten Abhärtung und den Werten eines Leistungssportlers.

Maxim, der diesen Umstand kommentierte, äußerte sich dankbar über das Gesetz des Umschlags von Quantität in Qualität, welches nicht zu unterschätzen sei.

Schon bald war Maxim so stark in marxistischer Philosophie, daß er ohne weiteres neue, unanfechtbare Gesetze der Entwicklung der menschlichen Gesellschaft aufstellen konnte.
Oft, wenn er zum Beispiel seinen Freund Fjodor ansah oder auch einfach so, während er die zweite Flasche Portwein austrank, sagte Maxim: »Gleich ist nicht gleich gleich!«

Maxim hatte viele starke Gedanken, es wäre schwierig, einen davon besonders hervorzuheben. Beispielsweise kam ihm oft der außergewöhnlich starke Gedanke: »Bei wem könnte man einen Fuffi pumpen?«

Es kam vor, daß auch Fjodor Maxim das eine oder andere beibringen konnte. Einmal zum Beispiel gab Maxim Fjodor ein Buch zu lesen (eines von denen, über die man besser nicht mit flüchtigen Bekannten spricht). Fjodor ging an die frische Luft, um es zu lesen, geriet jedoch ins Träumen, trank ein Bierchen – na ja, und da merkte er gar nicht, wie er das Buch verschusselte.
»Wo ist übrigens das Buch?« erkundigte sich am Abend Maxim.
»Verschusselt«, antwortete Fjodor.
Maxim beschimpfte Fjodor nach Strich und Faden, doch der letztere hatte die Ruhe weg und fragte: »War wohl 'n gutes Buch, wie?« Maxim knirschte nur mit den Zähnen. Da deklamierte Fjodor, frei nach Nekrassow:

»Verschusselt das Gute, das Wahre, Vernünftige!
Verschusselt es! Von Herzen danken wird es euch
Das Volk der Russen!«
Maxim, der nicht wußte, was er dagegen einwenden sollte, knirschte nur mit den Zähnen.

Dem Altar des Gedankens konnte Maxim alles darbringen, sogar lebensnotwendige Gegenstände.
Einmal sagte er:
»Wenn ich daran denke, daß Bier aus Atomen besteht, dann habe ich keine Lust, es zu trinken.«

Maxims Bekannter Pjotr stellte gern Überlegungen an von der Art, daß dem Menschen nichts unmöglich sei und so.
Maxim hörte sich diese Überlegungen mürrisch an und sprach gleich dem Fabeldichter Äsop:
»Dann trink aus einem Durchschlag!« und verließ Türen knallend den Raum.

Als Fjodor bemerkte, daß Maxim trank, ohne irgendwas dazu zu essen, erkundigte er sich, ob dies dadurch zu erklären sei, daß Maxim sich auf die molekulare und atomare Struktur des Essens besonnen habe.
Maxim schüttelte stolz den Kopf und sagte:
»Wer nicht arbeitet, soll auch nicht essen!«

Folgende Replik wird Maxim zugeschrieben, wenn dies auch nicht nachweisbar ist.
Wenn Fjodor verkatert war, erzählte er endlose Geschichten von verschüttgegangenen Saufkumpanen oder von der Zeit, als er noch zur Schule ging oder von irgend-

welchen Dörfern. Fjodor erzählte verworren, mit langen Pausen, manchmal beschränkte er sich auf Interjektionen oder Gesten.

Pjotr, sofern er nicht gleich den Raum verließ, war genervt und langweilte sich, lief rastlos im Zimmer auf und ab und unterbrach Fjodor immer wieder mit seinen eskapistischen romantischen Ammenmärchen.

Maxim, der Pjotrs Feindseligkeit gegenüber Fjodors Geschichten bemerkte, sagte:

»Selbst literarische Werke soll man nicht nach den darin enthaltenen Worten beurteilen.«

Steingarten

**(Hokku, Tanka,
Schützenpanzer-
wagen)**

Einen Pfad zwischen steilen Hängen geht Maxim.
Doch dann, bei einer Sakura zu stehen kommend,
Erstarrt er, in der Kehle eine Träne.

Mit schwerem Kater Fjodor eines Tags erwacht –
Unter einer Sakura liegend im japanischen Garten
Und er weint, nicht wissend, wie er hierher geraten.

Der Bahnstation,
Schwankend, sich Fjodor nähert.
Den Kopf schüttelnd,
Den Fahrplan er studiert:
Mikasa, Kasuga, Kyoto,
Awaza, Inamizuma
Und die ferne Bucht Tago.
Und? Mit derselben Verzweiflung
Studierte er ihn früher schon und sah:
Rjabowo, Rshewka, Griwa,
Piskarjowka, Wsewoloshsk
Und das ferne Petrokrepost.

Eisige böse Bahnsteige.

Ein angeschoßner Schwan, so stürzte Fjodor in die
Sakura,
Als Maxim ihm eins hinter die Löffel gab.

Den Pfad lang ging Maxim.
Und Fjodor ihm entgegen.
Maxim rempelte ihn an.
»Was rempelst du mich an?«
schrie Fjodor da beleidigt auf.
»Und du, bist du ein Tank?«
erwiderte Maxim in aller Ruhe.

Das Phänomen des Zuprostens studierten
Mit einen Krug Sake Maxim und Fjodor.
Und arbeiteten schwerstens Tag und Nacht.
Am nächsten Morgen –
Köpfe wie Schützenpanzerwagen.

Im Steingarten Stund um Stund saß Fjodor,
In Erwartung von Maxim.
Derweil Maxim die Buden abklapperte nach Sake.

Maxim stand da mit erhobenem Finger.
Fjodor wieherte.
Beide beherrschten somit den Zen-Buddhismus.

Ein Freund aus Japan kam mit einem Krug Sake.
Maxim und Fjodor hieß er höflich lächelnd
Als kleinen Imbiß dazu Sakura bringen.
Doch jene, des Japanischen nicht mächtig,
Bringen statt Sakura Salami.

Ganz japanisch ging es zu bei Fjodor.
Und während er früher schlief im Bette,
Ließ er sich nun nach dem Mahl mit japanischen
Freunden

Geradewegs auf eine Bastmatte fallen,
Unfähig, sich ins Bett zu schleppen.

Im Schatten der Sakura träumend ließ sich Fjodor nieder,
Vor sich einen Band Ransetsu aufgeschlagen,
Holte Machorka hervor und riß eine Seite heraus.
Da er keine Bilder fand, warf er den Band beiseite
Und vertiefte sich in Selbstbetrachtung.

Der Hang des Fuji kriecht aus dem Nebel hervor.
Maxim und Fjodor wandeln einher.
Arm in Arm, die Köpfe aneinandergelehnt ...
Ach, wär doch Hokusai jetzt hier!

Wie Schaumkrönchen auf einem Bächlein ist die Kirschblüte.
Auf einem zarten Brückchen sitzen Maxim und Fjodor.
Und wie smaragdener Jaspis zwischen ihnen funkelt –
Eine Flasche im Zauber sich ergießender Strahlen.
Glückliche Kühle des Frühlings.

Maxim quälte Pjotr, seinen Schüler, mit Arbeit:
Hieß ihn aufräumen, Flaschen abgeben.
Nicht selten hieß er ihn Harakiri begehen.

Maxim konnte Pjotr schlagen wie einen kleinen Jungen
Mit dem Erbe der Klassiker.
Er schlug ihm mit Hokusai in die Fresse;
Mit der zweibändigen Akutagawa-Ausgabe
Haute er ihm eine ins Kreuz.

Japanisches Volkstanzlied

Hinterm Fuji geht die Sonne auf,
Enten paddeln auf dem Fluß zuhauf.
Da sprach Maxim zu Fjodor schon:
»Besorg uns was im Gastronom.«

Die Flasche setzte Fjodor gierig an –
Und leer war sie auf einen Satz.
Maxim war ratlos: sollt' er lachen oder weinen.

Nicht ewig währt der Jammer – der Osten wird schon rot,
Die Händler eilen zu den Buden.
Es löst das eingebaute Schloß der Sake-Händler.
Er gähnt, den Mund mit seiner Hand bedeckend,
Und Fjodor, der auf Schwingen steht,
Er ruft ihm zu: »Bonsai! Bonsai!«

In tiefer Selbstbetrachtung Fjodor sich befand,
Maxim, der seinen Freund nicht stören wollte,
Trank, was im Hause war, allein als Schlaftrunk aus.
Als er erwachte, sah er reuig:
Von Tränen naß warn Fjodors Ärmel.

Die Nacht deckt alles zu.
Die Brandung zischt im Dunkel.
In der Küche zitternd Wasser trinkt Maxim.

Hin und zurück

(Zen-buddhistische Gleichnisse und Koans)

Eines Morgens saß Maxim schwer verkatert da, sich mit beiden Händen den Kopf haltend und hin- und herschaukelnd. Fjodor trat auf ihn zu und wandte sich an ihn mit folgender Frage:
»Worin besteht der Sinn des Buddhismus?«
»Ach, steck dir doch deinen Buddhismus in den Arsch!« rief Maxim mit schwacher Stimme.
Fjodor war tief beeindruckt und entfernte sich.

Pjotr, ein junger Mann, der viel von den philosophischen Leistungen des ihm zu diesem Zeitpunkt noch unbekannten Maxim gehört hatte, kam zu jenem nach Hause und wandte sich mit folgender Frage an Fjodor, welchen er irrtümlich für Maxim hielt:
»Worin besteht der Sinn der Ankunft Bodhisattvas aus dem Süden?«
Nachdem Fjodor eine Weile nachgedacht hatte, sagte er in aller Seelenruhe:
»Weiß ich nicht.«
Da mischte sich Maxim ins Gespräch ein und sagte:
»Steck dir doch deinen Bodhisattva in den Arsch!«
Der beeindruckte Pjotr ging seines Wegs, Maxim und Fjodor preisend.

Wassili, ein anderer junger Mann, der durch Pjotr von dem Vorfall erfahren hatte, kam zu Maxim und Fjodor

und wandte sich an den letzteren mit der Frage, ob jener ihm raten würde, in ein Kloster einzutreten. Fjodor, der auf einer Papirossa herumdrückte, um den Tabak zu lockern, hüllte sich in Schweigen.
In das Gespräch mischte sich Maxim ein und sagte:
»Ach, steck dir doch dein Kloster in den Arsch!«
Der erleuchtete Wassili wußte nicht, wessen Antwort besser war.

Der Schüler Wassili schenkte Fjodor Daisetsu Suzukis Buch »Leben im Zen«. Fjodor fragte Maxim, wie er mit dem Geschenk verfahren solle.
»Das kannst du auf den Lokus hängen«, antwortete Maxim.
Der erleuchtete Fjodor tat, wie ihn geheißen.

Einmal erkundigte sich Fjodor bei Maxim:
»Worin besteht der Sinn des Zen-Buddhismus?«
Der sah Fjodor finster an und verpaßte ihm eine aufs kranke Ohr.
Fjodor konnte nicht an sich halten und parierte mit einem Schlag in die Magengrube. Maxim, der gegen den Schmerz ankämpfte, setzte seine Belehrung fort – er haute Fjodor eine aufs Auge, polierte ihm die Fresse und versetzte ihm, als jener sich schon umgedreht hatte, um zu gehen, noch einen Tritt in den Arsch. Fjodor ging hinaus.

Eines Nachts wachte Fjodor schwer verkatert auf und hatte schrecklichen Durst. Ohne Licht zu machen, ging er in die Küche, tastete auf dem Regal nach einer Flasche und begann zu trinken. Nach dem ersten Schluck wurde

ihm klar, daß er sich vertan hatte und daß in der Flasche kein Wasser war, sondern Petroleum.
Doch Fjodor war so stark im Zen-Buddhismus, daß er den Mut fand, seinen Fehler nicht zu korrigieren, und in aller Seelenruhe die Flasche austrank.

Fjodor spielte, wenn er betrunken war, gern mit dem Kater. Eines Morgens, als er schwer verkatert aufwachte, entdeckte er, daß er gestern beim Spielen den Kater in die Flasche gesteckt haben mußte, aus welcher der letztere unmöglich wieder herauszubekommen war. Die Flasche zu zerschlagen tat ihm natürlich leid.
Die Lehren des Zen-Buddhismus waren indes nicht umsonst gewesen – Fjodor fackelte nicht lange, traf die richtige Entscheidung und begab sich zur Flaschenrücknahmestelle, wo er die Flasche samt Kater abgab.

Immer wenn Fjodor eine Erleuchtung hatte, freute er sich schrecklich und brüllte herum. Die Nachbarn machten ihm wegen dieses Gebrülls oft Vorwürfe, und einmal schrieben sie sogar eine Beschwerde an die Bezirkshausverwaltung. Von der Bezirkshausverwaltung kam eine Vorladung vors Volksgericht.
Fjodor erkundigte sich bei Maxim, was er mit der Vorladung machen solle.
»Damit kannst du dir den Hintern abwischen«, war Maxims Antwort.
Was Fjodor auch tat.

Neben dem Eingang zum Haus von Maxim und Fjodor lag ein hölzernes Dingsda. Immer wenn Fjodor daran vorbeiging, sagte er:

»Mann, was ’n Dingsda!«
Pjotr, Maxims Schüler, rief eines Tages aus:
»Wieso sagst du das jedesmal? Ich weiß schon lange, daß das ein Dingsda ist.«
Maxim, der neben ihnen herlief, hielt Pjotr die Faust unter die Nase und sagte:
»Und weißt du auch, was das ist?«
Der beeindruckte Pjotr hatte verstanden und dampfte ab.
Pjotr bemerkte, daß Fjodor eine seltsame Angewohnheit hatte: Erst stand er stundenlang in der Schlange vor der Bierbude, und im letzten Moment, wenn er endlich dran war, kaufte er kein Bier, sondern ging weg, was ihn allerdings merkliche Überwindung kostete. Pjotr wollte gern wissen, warum Fjodor das tat, wo er doch fünf Minuten später sowieso wieder da war und sich in die Schlange stellte.
Fjodor antwortete fest:
»Auf daß die Schöpfung Ewigkeit erlange, darf man sie nicht vollenden.«
Pjotr schlug sich vor die Stirn und entfernte sich.

»Dann trink doch aus einem Durchschlag!« antwortete Maxim auf Pjotrs angeberische Behauptungen, dem Menschen sei nichts unmöglich und so.
Der beeindruckte Pjotr trank.

»Was bleibt einem Menschen, dem man die Schlinge um den Hals gelegt hat?« erkundigte sich Maxim.
»Die Sakura ist nicht nur schön, wenn sie in Blüte steht«, plapperte Pjotr mit der ihm eigenen Eleganz.
Wassili nahm, statt etwas darauf zu sagen, eine Streichholzschachtel und warf sie auf den Boden – aber Streich-

holzschachteln gehen nicht kaputt, wenn sie herunterfallen, dafür wachte Fjodor von dem Lärm auf und murmelte verschlafen: »Hä? Wo bin ich …? Was?«
Seine Antwort erkannte Maxim wie immer als die beste an.

Folgender Vorfall ist äußerst unglaubwürdig, aber man sollte auch solche Informationen über Maxim und Fjodor nicht unterschätzen.
Einmal fragte Maxim Pjotr, worin seiner Meinung nach der Sinn des Zen bestehe.
»Zen«, sagte Pjotr, der elegante, aber nicht sehr tiefsinnige Vergleiche liebte, »das ist die Fähigkeit, mit einer Viertelliterflasche Wodka zwei ganze Wassergläser zu füllen.«
»Mit einer leeren«, fügte Wassili hinzu.
Maxim richtete den Blick auf Fjodor.
»Und den Wodka nicht zu trinken«, sprach Fjodor.
Maxim nickte zufrieden und sagte:
»Und ihn nicht in Gläser zu füllen.«

Maxim Monogatari

1

Es war einmal ein gewisser Maxim. Eines Tages sagte er, so wird behauptet, zu der Dame, die als Verkäuferin in der Abteilung »Wodka/Harte Getränke« arbeitete:

Der erfrischende Glanz
Des grünen und schönen Grases
Ist heut mein Trank des Vergessens…
Ich wär der letzte Arsch –
Holt ich mir nicht ein weiteres Fläschchen!

Aber die Verkäuferin erwiderte nichts darauf, sie nahm nur eine Flasche »Bärwurz« aus einer Kiste und reichte sie ihm mit einer Hand.

2

Es war einmal Maxim. Folgendes sagte er einmal zu der Dame, die als Verkäuferin in der Abteilung »Wodka/ Harte Getränke« arbeitete:
Auch Kleopatra persönlich,
Wär sie Geliebte mir gewesen,
Hätt nicht solch feurig Glut
Gegeben mir
Mit leichter Hand wie du.

Da wischte die Verkäuferin die Flasche ab und stellte sie vor Maxim auf den Ladentisch, sagte aber nichts; vielleicht hatte sie nicht verstanden oder nicht recht gehört, ich weiß es nicht.

3

Es war einmal ein Kavalier namens Maxim. Eines Tages ergab es sich, daß er zu der Verkäuferin in der Spirituosenabteilung des Gastronoms sagte:

Rasend ungestüm
Fliegen die Tage unseres Lebens dahin,
Gleich dem Strom in elektrischen Leitungen.
Ist es nicht, du Schöne, ein Mast,
Welcher jene Leitung über die Erde erhebt?

Vielleicht hätte jene Dame ihm etwas erwidert, doch dies geschah nicht, da ein anderer Kavalier namens Pjotr, welcher ebenfalls hier anwesend war, sich beeilte, das Wort zu ergreifen, wozu er gewiß einen Grund hatte:

Wahr hast du gesprochen
Von den rasend ungestümen Tagen,
Dem Strom in Leitungen gleich,
Welche einen Halt in ebensolchen Masten finden.
Ohne Halt wird auch die Leitung reißen.

Solchermaßen diese Dame rühmend und preisend, verließen indes beide Kavaliere jene Dame, ohne eine Antwort erhalten zu haben, und gingen vom Geschäft eiligen Schrittes nach Hause.

4

Es lebten drei Kavaliere. Der erste Kavalier trug den Namen Maxim. Der zweite Kavalier trug den Namen Fjodor. Der dritte Kavalier trug den Namen Pjotr. Eines Tages sprang der Kavalier Pjotr vom Tisch auf, an welchem alle drei saßen, schlang sich einen Schal um Hals und Brust und ging schnell ins Gastronom, offenbar um die Dame zu treffen, die als Verkäuferin in der Spirituosenabteilung arbeitete. Und als er sah, daß das Gastronom geöffnet war und jene Dame hinter dem Ladentisch stand, fing er an zu schnaufen und sagte folgendes (so konnten in jenen Zeiten die jungen Leute noch sprechen!):

Ja! Nicht umsonst gesprochen hat Maxim
Von den rasenden Tagen unseres Lebens,
Von Masten und raunenden Leitungen,
Die das Raunen der Erde wiederholen,
Und noch höher tönen die Wolken …

Die Dame erwiderte nichts, offenbar hatte sie nicht gespürt, daß Pjotr sich zu der glücklichen Unmöglichkeit, das Leben im Griff zu haben, erklären wollte.

5

Der bekannte Kavalier Fjodor lief über den Hof zu einem Treffen mit einer Dame, strauchelte, trat in Kot und dichtete anläßlich dessen:

Auf dem Weg war ich zum Rendezvous,
Geraten bin ich in die Scheiße.

6

Es waren einmal vor nicht langer Zeit Maxim und Pjotr. Es ergab sich, daß diese beiden Kavaliere vor einer Bierbude Schlange standen und einer von ihnen, genauer gesagt Pjotr, über sein verpfuschtes Leben trauerte oder so ähnlich, ich weiß nicht, vielleicht mißfiel ihm auch der Hof, in dem die Bude stand, so sehr, jedenfalls ergriff er das Wort:

Die Meeresenge im morschen Kahn
Durchquert ein Jemand unerschrocken,
Kühn, in der Brust eine Flamme.
Den Schaum der Wogen auf den Stiefeln.
Und hier nur Bierschaum, Dreck ...

Darauf Maxim:

Und hier nur Bierschaum, Dreck.
Doch wenn du durch den Nebel lernst zu schaun,
So siehst du, wie mit Kühnheit auf der Stirn
Die wütende Meeresenge wir durchquern.
Mit Flocken von Schaum auf den Stiefeln.

Als Pjotr dies hörte, stampfte er mit den Füßen auf und brach vor Begeisterung in Tränen aus, ja, kaum einer der Schlange Stehenden konnte die Tränen zurückhalten, einige stürzten gar zu Boden und lagen im Dreck, Lieder singend, und nur die Dame, die das Bier verkaufte, sagte nichts – vielleicht vor Aufregung, kann aber auch sein, daß sie nicht recht gehört hatte.

7

Folgendes sagte einmal ein Kavalier namens Maxim zu der Dame, die an der Bude Schankbier verkaufte:

Wie kann sich das Ufer von der Woge trennen?
Oder der Fuji vom Schnee?
Hast mich gestern gesehen –
Wirst mich sehen heut und morgen.
Wie kann sich die Sonne von ihren Strahlen trennen?

Alle, die an der Bude standen, brachen in Tränen aus, als sie dies hörten, und so schön waren diese Verse, daß andere Verse in der Schlange nicht mehr zum Vortrage kamen.

Für die Sache des Volkes

(Drehbuch für einen Stummfilm nicht in Farbe)

Abblende.
Vorspann.
Abblende.
Panorama Leningrad. Peter-und-Paul-Festung im Lichte der untergehenden Sonne. Schwere Wolken am Himmel. Musikalische Untermalung, kühne Musik.
Abblende.
Zwischentitel: Petrograd. Anfang des Jahrhunderts.
Abblende.
Ein Zimmer. Morgen.
In der Mitte des Zimmers steht ein runder, altgedienter Tisch mit halb heruntergezogener Tischdecke. Auf und unter dem Tisch stehen und liegen Flaschen, Gläser, schmutzige Teller, Zigarettenkippen.
Zimmer in der Totale. Eine Truhe, ein Schrank, eine Oleographie der Repinschen »Wolgatreidler«, eine Ottomane.
Auf der Ottomane schlafen, zugedeckt mit Wattejacken und Lumpen, zwei Menschen.
Zwischentitel: Der Morgen fand Maxim und Fjodor in einer fremden Wohnung vor.
Kameraschwenk auf die Ottomane. Fjodor wirft die Wattejacke ab, steht auf, blickt sich besorgt um. Er geht zum Tisch, tippt mit dem Finger in die Teller, entfernt sich vom Tisch. Er dreht ein paar ziellose Runden im Zimmer, wobei er oft stehenbleibt und auf irgend etwas

lauscht. Fjodors Bewegungen und Gesichtsausdruck ist zu entnehmen, daß er dringend zur Toilette muß, sich aber geniert, sie in der fremden Wohnung zu suchen. Er geht zur Tür, öffnet sie vorsichtig einen Spalt. Nach einer Weile macht er sie ebenso vorsichtig wieder zu. Er geht zur Ottomane, setzt sich neben den schlafenden Maxim, steckt sich eine an. Die Kamera bleibt lange auf den rauchenden Fjodor und den unter den Lumpen schlafenden Maxim gerichtet.

Der Zigarettenqualm breitet sich im Zimmer aus. Jenseits des Fensters Nebel. (In ihrer Trostlosigkeit erinnert die Einstellung an jene Episode aus Carnés Film »Der Tag bricht an«, in welcher eine Tränengasgranate ins Zimmer des Helden geflogen kommt.) Fjodor steht auf, geht zum Tisch, tippt mit dem Finger in die Teller. Er geht ans Fenster, man sieht Fjodors gebeugte Gestalt und einen Teil des Zimmers.

Plötzlich öffnet sich mit einer Staubwolke eine Luke im Boden, die man bisher nicht bemerkt hat. Fjodors Rücken zuckt, aus seinem Hosenbein rinnt ein Urinbächlein heraus und über den Fußboden. Aus dem Untergrund klettern dynamisch etwa zwanzig Untergrundkämpfer heraus, sie haben konzentrierte, harte Gesichter.

Ohne den wie angenagelt dastehenden Fjodor zu beachten, marschieren die Untergrundkämpfer rasch zur Tür. Sie bewegen sich als so dichte, geschlossene Masse, daß man meinen könnte, von der Luke zur Tür krieche ein großes Tier, eine Robbe etwa. Einige Untergrundkämpfer sind sehr groß, und einige sind so klein, daß sie unter den Rockschößen der anderen dahertrippeln.

Als die Untergrundkämpfer verschwunden sind, steht

Fjodor noch etwa drei Minuten regungslos da, dann stürzt er zum Fenster, hebt die Spitzengardine ein wenig, sieht erwartungsvoll hinaus.
Blick aus dem Fenster: Die Gruppe der Untergrundkämpfer entfernt sich, Passanten hinwegfegend.
Fjodor stürzt zur Ottomane, schubst und schüttelt den schlafenden Maxim. Nahaufnahme: Das maßlos aufgeregte Gesicht Fjodors, der irgend etwas schreit.
Zwischentitel: Maxim! Maxim! Wach auf! Wach um Gottes willen auf! Ich habe Untergrundkämpfer gesehen! Sie haben für die Sache des Volkes gekämpft!
Maxim dreht sich herum. Er hat einen unguten, bösen Gesichtsausdruck. Den Kopf leicht angehoben, sagt er irgend etwas, rollt sich wieder zusammen und zieht sich die Wattejacke über die Ohren.
Zwischentitel: Steck dir doch deine Untergrundkämpfer in den Arsch!
Abblende.
Abspann: Ende.

Lied über meinen Maxim

(Epos in 24 Tiraden)

1

An jenem Morgen erhob sich Fjodor etwas früher.
Er ging in die Küche.
Dort standen
Der Flaschen fünf »Shiguljowskoje«,
Fünf »Martowskoje«
Und fünf »Admiraltejskoje«.
Und nicht wenig weitere Bierchen.

2

Es tagte schon.
Hell auf dem Tische hoben sich ab
Die edlen Konturen all dieser Flaschen.
Ihre Silhouette weckte das Bewußtsein, tröstete den Blick,
Erinnerte auch mit heimlichem Schrecken
An die Schöpfungen Gaudis.

3

Fjodor, der nicht Angst noch Vorwurf kannte,
Ergriff eine Flasche »Shiguljowskoje«
Und zog sie wie ein Schwert über die Tischkante.
Der Korken sprang davon, es floß das Bier,
Und der Kater, welcher unterm Tische lag,
Schleckte auf das Bier mit gedehntem Schnaufen.

4

Alles war reglos.
Fjodor stand wie ein Hornist.
Der Adamsapfel rollt' die mächt'ge Kehle auf und ab.

5

Fjodor
Trank die Flasche aus,
Nahm eine zweite.
Mit dem Daumen schnippste er den Korken kühn herunter.
Hervorgeschossen als Fontäne kam das Bier.
Von Fjodors bebenden Lippen aufgefangen,
Der mit den Armen wedelte und lachte wie ein Kind.

6

Doch trank er es nicht aus, hielt inne,
Und lange stand er schweigend da
Und horchte auf sein inneres Gefühl.
Er blickte aus dem Fenster
Mit Habichtsaugen,
Scharfem Blick.

7

Über der bleichen Stadt schwamm ein entzündeter Reif.
Durch der Höfe Fäulnis und der Neubauviertel Ödnis
Waberte der Nebel,
Als wollt' er fortwaschen
Das kümmerliche Werk der Zaren der Natur.

8

Von ungeheurer Stärke war der Nebel ...
Und Fjodor,

Wie sehr er sich auch mühte,
Konnte nicht erblicken, was er sehen wollte –
Die Bierbude war's, die sein Auge nicht erblickte.

9

Voller Wißbegierde Fjodor war,
Jedoch nicht weise.
Er konnte die Naturerscheinung nicht erkennen
Und befand, die Bude habe man des Nachts entfernt.

10

Einmal,
Als von Kummer er die Stirn befreit,
Nahm sich mit kräftgem Griff die Flasche Fjodor.
Und trank sie leer
Und öffnete die zweite, trank.
Und trank der Biere vielerlei,
Als plötzlich man vernahm: piff-paff!
Vor Schreck fiel Fjodor um,
Obgleich er nicht der Ängstlichsten einer war.

11

Was war geschehn?
Es war Maxim,
Der mit fester Hand geöffnet eine Flasche,
Mit solcher Kraft im Katerzustand nicht gerechnet.
Er ließ die Flasche fallen und fiel selbst,
Und ein Geräusch, gleich einem Schuß, ertönte.

12

Wie ein gefällter Recke,
Lag Maxim, stolz die Arme ausgestreckt.

Wie einen rühmlichen, unschuld'gen Tod gestorben,
War Fjodor hingesunken, gleich daneben.
Nicht weit entfernt der Kater sah unheimlich aus,
Gleich einer Krähe auf dem Feld der Schlacht.

13

Fjodor stand auf, bemüht,
Die Brauen runzelnd,
Was sich ereignet, zu erfassen.
Maxim erhob sich, Fjodor schmähend,
In wilder Rachsucht
Wegen irgendwas ihm drohend.

14

Fjodor, welcher unschuldig sich wähnte,
Nahm ein »Martowskoje«, das mit eleganter Geste
und den Zähnen er entkorkte,
Doch trank er nicht –
Galant bot er Maxim das Bier.
Hochmütig wies Maxim die Gabe ab,
Nahm selbst sich eine Flasche
Die er mit dem Messer öffnete,
Wobei er allerdings sich selber schnitt
Und fast das ganze Bier verschüttete.

15

Er trank den Rest und nahm ein Päckchen
»Bjelomor«
Und klopfte an die Unterseite.
Wie der Balda von Puschkin konnte das der Kerl.
Es flog heraus die Papirossa,
Fiel in die Pfütze Bier und wurde naß.

16

Maxim versuchte es noch einmal.
Zog eine Papirossa aus dem Päckchen
Blies kräftig in ihr Innenleben.
Der mächtge Kerl geizte nicht mit Kraft
Und blies den ganzen Tabak raus aus ihrem Innenleben.

17

Fjodor indes, der meisterhaft bereitet je eine Papirossa,
Gab Maxim zu rauchen freundlich lächelnd.

18

Es roch versengt.
Mit grellem Schrei der Kater
Sprang in die Pfütze Bier
Und wälzte sich in ihr.
Getroffen war der Kater von Fjodors fortgeworfnem Zündholz.

19

Die Freunde lachten recht darüber.
Zum Zeichen der Versöhnung Fjodor
Nahm zwei Flaschen »Martowskoje«,
Hielt die Korken aneinander, zog.
Es öffneten sich beide.
So geschickt war er, der Kerl!

20

Der Nebel unterdessen hatte sich verzogen.
Die flammendrote Sonne
Schwebt' als Halbrund schnell vorbei,
Wie wenn sie diese arme Gegend wollt' umgehen.

21

Die Freunde, als sie ausgetrunken,
Stellten ab die Flaschen
Und nahmen neue sich mit »Admiraltejskoje«.
Maxim jedoch trank nicht gleich aus,
Verschwand zum Urinieren.

22

Und kaum zurück,
Setzt' er mit Schwung die Flasche
An die stolzen Lippen.
Doch gleich, mit einem Schnauben,
Stellt' er sie wieder hin.

23

Es stellte sich heraus,
Daß Fjodor, solang Maxim beim Urinieren,
Die Flasche aufgefüllt mit Wodka,
Lachend über den fürwahr gelungnen Scherz,
Befand Maxim, daß Fjodor
In gewissem Sinne klüger war geworden.
Und zum Zeichen seiner Sympathie
Trank er furchtlos diesen Sprengsatz aus – auf ex.

24

Und vieles noch danach geschah,
Doch schließ ich hier mein Epos ab,
Da der Anlaß meines Schreibens sich erschöpft.
In der Früh verlangte es mich sehr nach Bier,
Gestillt jedoch hab ich beim Dichten dies Verlangen.

Finita la tragedia
(Tragödie)

Erster Akt

Ein schwerer goldgelber Vorhang hebt sich. Auf der Bühne das Zimmer von Maxim und Fjodor. Auf einem tief durchgelegenen Klappbett schläft Maxim. Er hat einen unschönen, unguten Gesichtsausdruck.
Über dem Klappbett hängen Reproduktionen und Fotos, ausgeschnitten aus den Zeitschriften »Erwachen« und »Sonne Rußlands«. In der Mitte der Bühne ein Tisch. Auf und unter dem Tisch schmutzige Teller, leere und halb geleerte Flaschen, Zigarettenstummel, einige Gläser. Am Tisch sitzt, tief in Gedanken versunken, Fjodor. Auf der Bühne streicht ein Kater herum.
Fjodor gießt sich ein Glas Wein ein und trinkt es auf einen Zug leer. Er läßt den Kopf auf die Brust sinken. Er bewegt sich nicht. Er scheint einzuschlafen. Die ganze Szene stellt ein schweres, trübes Schauspiel dar. Unangenehm Fjodors unintelligente Bewegungen, seine Art, nach der Flasche zu greifen und dabei im Weg stehende Gläser und Teller herunterzuwerfen.
Alles, von Anfang bis zum Ende, macht einen vollkommen blödsinnigen Eindruck.
Inzwischen passiert auf der Bühne 45 Minuten lang absolut nichts, wonach sich der Vorhang senkt.

Zweiter Akt

Der Vorhang hebt sich, auf der Bühne dasselbe Bild. Es vergehen 45 Minuten.

Die Zuschauer glauben schon, daß sie in ein avantgardistisches Theaterstück geraten sind und daß man ihnen bis zum Schluß Maxim und Fjodor schlafend präsentieren wird; doch da erhellt sich der Bühnenhintergrund, wo dermaßen spannende Dinge vor sich gehen, daß die Zuschauer, die das Theater noch nicht haben verlassen können, sich belohnt fühlen müssen.
Das muß man gesehen haben.
Im Hintergrund der Bühne agiert eine Vielzahl von Personen, darunter auch solche, von denen man nicht weiß, wie sie hierhergeraten sind.
Und zwar: Der Geist von Maxim
Der Geist von Fjodor
Der Geist von Pjotr
Der Geist von Wassili
Die Geister japanischer Freunde
Die Geister verschiedener eleganter Damen, u. a.:
Der Geist der Verkäuferin aus der Spirituosenabteilung und Der Geist der Verkäuferin von der Bierbude
(was haben Sie denn gedacht? Sind sie etwa schlechter als andere?)
Die Geister der Mitbewohner
Die Geister der Untergrundkämpfer
Die Geister von Straßenpassanten
Der Geist von I. Konstantinow
Der Geist von Hokusai
Der Geist von Ransetsu
Der Geist von D. Suzuki
Der Geist von Gaudi
Der Geist von A. S. Puschkin
sowie eine Vielzahl anderer Geister, bis hin zu den Geistern der Theaterzuschauer.

Das bizarre Bild der Beziehungen all dieser Geister zueinander ist schwer zu beschreiben.
Einige Geister sehen alle oder beinahe alle anderen Geister, einige sehen nur einen Teil, einige nur sich selbst, und es gibt Geister, die sich ihrer eigenen Existenz nicht sicher sind. Komisch ist, daß manche der Geister von sich selbst und auch von anderen wohl nur einzelne Körperteile sehen, zum Beispiel eine Faust, mit der sie denn auch wahllos auf alles einhauen, was ihnen in die Quere kommt. Ebenso unangenehm sind die Geister, die überhaupt nichts sehen – sie stapfen munter auf der Bühne herum und rempeln auf üble Weise die anderen an.
Trotz dieses Tohuwabohus und Höllenlärms ist klar, daß Maxim und Fjodor sich im Zentrum der Aufmerksamkeit vieler Geister befinden. Der eine betrachtet sie verächtlich, der andere empört, der dritte mitleidig, der vierte lächelnd, der fünfte verständnisvoll, der sechste neugierig, na ja, auf alle mögliche Weise eben. Der Geist von Maxim und der Geist von Fjodor schauen undefinierbar.
Der Bühnenhintergrund versinkt allmählich im Dunkel. Die Geister verschwinden einer nach dem anderen, der Lärm verstummt. Als letzte verschwinden die Geister von Maxim und Fjodor, in der eingetretenen Stille sind ihre letzten schwer verständlichen Repliken zu hören:
Der Geist von Maxim: Er wird langsam wach.
Der Geist von Fjodor: Aber er schweigt noch …
(Der Bühnenhintergrund liegt im Dunkel. Fjodor hebt den Kopf. Der goldgelbe Vorhang senkt sich, bevor er jedoch gänzlich den Blick auf die Bühne verdeckt, sieht man, wie Fjodor die Hand nach der Flasche ausstreckt.)

Zweiter Teil
Rückkehr aus Japan

Blow up

Ilja Dawidowitsch Kobot konnte einerseits Maxim und Fjodor, seine Zimmernachbarn in der Kommunalka, nicht leiden und schrieb sogar Beschwerden, daß Fjodor nachts Geschrei veranstaltet, daß die beiden ihre Saufkumpanen mitbringen, in den Flur und in die Küche pinkeln, andererseits muß man sagen, daß Nachbarn gewöhnlich schlimmer sind als diese beiden … Fjodor ist irgendwie ein armer Teufel, er randaliert nicht, und Maxim, wenn er auch streng ist wie ein Kommandeur, schläft vor allem.

Eines Abends war Kobot bei ihnen zu Besuch und trank Tee – man mußte ja hin und wieder mal schauen, wie die Leute so leben. Da hatte er sich die Richtigen ausgesucht … Es wäre von Anfang an besser gewesen, gleich wieder zu verschwinden, von Anfang an gab es zwischen den beiden Streit – mal beschimpfte Maxim Fjodor, warum jener Wermut gekauft habe, wo es doch Portwein im Geschäft gebe, dann meckerte er, wieso Fjodor mit dem Bier herumspiele – den Kronkorken erst von der Flasche abmache und ihn dann wieder draufsetze.

Außerdem gebrauchte Fjodor an diesem Abend in jedem Satz ein fürchterliches Wort, das ihm der Schüler Wassili beigebracht hatte – das Wort »Pantheismus«. Also zum Beispiel: »Was ist, schütten wir uns noch einen Pantheismus ein?« Damit meinte er den Wermut. Oder: »Panthe-

sial hab ich neulich ein Bierchen gezischt!« Kobot ging extra raus und schlug dieses Wort im enzyklopädischen Wörterbuch nach – Fehlanzeige!
So saßen sie da, schwiegen die meiste Zeit, und plötzlich ging die Tür auf und – auf der Schwelle steht ein Milizionär.
Fragt sich, wer ihm eigentlich die Haustür aufgemacht hatte.
Ilja Dawidowitsch erschrak natürlich sehr, andererseits war klar, daß der Milizionär nicht seinetwegen gekommen war, sondern vermutlich wegen Fjodor. Maxim, der sowieso schon sauer war, wurde jetzt schwarz vor Ärger – auch er hatte Fjodor im Verdacht. »Was brüllst du auch nachts so rum, du Arsch!« Fjodor selbst bekam das alles irgendwie nicht auf die Reihe: »Was 'n los … was will 'n der hier?«
Der Milizionär bedachte alle mit einem finsteren Blick, den er besonders auf Fjodor ruhen ließ, und fragte:
»Wer ist hier Kobot?«
Ilja Dawidowitschs Herz begann heftig zu pochen, am schlimmsten aber war, daß es ihm vor Maxim und Fjodor peinlich war, diesen Spritleichen, die ihn auch noch mitfühlend ansahen.
»Ich … bin Kobot …«
»Na dann, guten Tag, Kobot«, sagte der Milizionär nach einer Pause, während er die Mütze abnahm.
»Tag …«
Ilja stand auf und legte die Hände an die Hosennaht. Maxim nahm ein paar Flaschen Wermut vom Tisch und stellte sie auf den Fußboden. Der Milizionär ließ seinen prüfenden Blick von Kobot zu Maxim wandern:
»Wohnen Sie auch hier?«

»Jawoll«, antwortete Fjodor ruhig, »panthesial.«
»Na dann, einen guten Tag auch. Ich bin euer neuer Nachbar, Pushaty, Alexej Stepanowitsch.«
Die Plötzlichkeit dieser Szene und sein verdammtes rebellierendes Herz trieben Kobot den Schweiß auf die Stirn, die Beine zitterten. Er ging in einem Bogen zur Tür, ohne den erstaunten Blick des Milizionärs zu bemerken.
»Was ist mit dem los, ist er krank?« fragte Pushaty.
»Ein Arsch«, antwortete Maxim nicht gleich und kippte ein halbes Glas Wermut.

Der neue Mitbewohner fühlte sich in der Wohnung rasch heimisch, genauer gesagt, gleich am ersten Tag. Am nächsten Morgen, als Kobot den Teekessel aufsetzte, war im Flur ein übermütiger Pfiff zu hören, und die Küche betrat, nur im Unterhemd, Pushaty.
»Tach!« sagte er laut.
»Guten Morgen«, antwortete Ilja Dawidowitsch. Diesen Satz hatte er vorbereitet, um ihn dem Milizionär zu sagen, denn er wußte, daß er nach dem gestrigen Vorfall sehr durcheinander war und fürchtete, es könnte ihm nicht gleich einfallen, was er sagen sollte.
»Wieso bist du gestern so plötzlich abgehauen? Hast wohl Schiß gekriegt?«
Kobot wurde rot und wußte nichts zu entgegnen.
»Was druckst du immer so rum?«
Ilja fummelte am Gasherd herum, konnte ihn aber irgendwie nicht anbekommen. Pushaty zündete seine Gasflamme an, stellte seinen Teekessel auf, setzte sich auf einen Küchenhocker und begann Kobot zu beobachten.
»Wo arbeitest du?«

»Bei Mechanobr ...«, antwortete Ilja nach kurzem Nachdenken.
»Hä? Was soll denn das sein?«
»Das heißt so.«
Es folgte eine beklemmende Pause. Kobot, der mit Ach und Krach das Gas angemacht hatte, machte es wieder aus und ging in sein Zimmer. Dort lief er wie gestern lange und schnell hierhin und dorthin, ohne einen Gedanken fassen zu können.

Abends, als Ilja Dawidowitsch von der Arbeit kam und schon auf sein Haus zuging, erblickte er Pushaty in der Haustür, änderte instinktiv, ohne sich dessen bewußt zu sein, die Richtung und lief mit eingezogenem Kopf am Haus vorbei.
»He, Kobot!« rief ihn Pushaty.
Kobot trat zunächst unschlüssig von einem Bein aufs andere und ging dann zu ihm hin.
»Was schreckst du immer vor mir zurück?«
»Nein, nein, ich ... ich mußte noch ...«
»Du verheimlichst immer irgendwas. Ich hab doch gesehen, du wolltest nach Hause.«
Es war schon dunkel, und das verlieh dieser Szene eine unheilverkündende Note.
»Ja, ja, aber dann hab ich mir überlegt, noch was einzukaufen!« sagte Kobot mit Gefühl. Pushaty sagte nichts, sein Gesicht lag im Schatten, auf den Knöpfen seiner Uniform blitzten spitze Sterne. Ilja schwieg zur Gesellschaft eine Weile und ging dann hinters Haus, wo er als Täuschungsmanöver etwa eine halbe Stunde herumirrte.

Abends vor dem Schlafengehen warf Ilja Dawidowitsch einen Blick in die Küche, prallte zurück und blieb versteinert hinter der Tür stehen. Pushaty, rot und schwitzend, ein Glas in der Hand, flüsterte Fjodor ins Ohr:

»Dieser Kobot, also ehrlich, das ist mir vielleicht 'ne Nummer. Schon heute morgen hab ich gedacht, verflixte Kiste – der guckt immer weg, hat vor irgendwas Angst. Vorhin erst im Laden, ich war Wermut holen, guck mich um, und sieh mal einer an – Kobot! Der sieht mich und wusch, dreht er sich weg, versteckt sich hinter seinem Kragen. Na warte, denk ich, dich muß man im Auge behalten ... Ja, und dann hab ich ihn gefragt: Wo arbeitest du? Und er sagt zu mir: Bei Zinnobr! Na, denk ich, ein geriebenes Früchtchen, das!«

»Bei Mechanobr! Ich arbeite bei Mechanobr!« stammelte Ilja, der die Beherrschung verlor, im Flur hinter der Küchentür.

Das hatte einen starken und überraschenden Effekt.

Sogar Fjodor blickte erschrocken zur Tür, und Pushaty sprang auf, stürzte aus der Küche und stieß auf den mit weit aufgerissenen Augen dastehenden Ilja Dawidowitsch. Eine Weile standen sie schweigend da, beinahe auf Tuchfühlung, mit blitzenden Augen und schwer atmend.

»Aha ...«, sagte Pushaty, der sich das Unterhemd zurechtzupfte.

Ilja eilte schwankend in sein Zimmer.

»Idioten, was für eine Idiotie«, murmelte er. »Puh! Wie ich das alles ... Puh! Absolute Idiotie.«

Er ging zum Spiegel und sah angespannt hinein. Der Spiegel leuchtete weise und matt um sein vor Verzweiflung verzerrtes Gesicht. Ilja, nicht imstande, sich mit irgend etwas zu beschäftigen, stand lange vor dem Spiegel, drehte mal so, mal so den Kopf und bleckte die Zähne. Diese sinnlose Beschäftigung bot der Anspannung, die weiß der Kuckuck warum über ihn hereingebrochen war, einen gewissen Ausweg.

Trocken und unheilverkündend tickte der Wecker.

Die Tür öffnete sich, ohne daß vorher angeklopft worden wäre, und das Zimmer betrat Pushaty, schon in Uniform und Stiefeln. Ohne um Erlaubnis gebeten zu haben, setzte er sich an den Tisch, nahm sich eine Papirossa, rollte sie zwischen den Fingern und begann das bescheidene, aber ordentliche Zimmer ausgiebig in Augenschein zu nehmen.

Ilja Dawidowitsch stand wie ein auf frischer Tat ertappter Dieb schuldbewußt vor dem Spiegel.

»Kobot, was verheimlichen Sie eigentlich?« sagte Pushaty langsam.

»Ich, Step ... Alexander Stepanowitsch, ich kann überhaupt nicht begreifen, daß ... wieso Sie mich ... also, so was fragen.«

»Ach, also ich bin schuld, was? Ich verfolge Sie? Also, das heißt, ich bin der Schuldige? Das ist es doch, was Sie denken?«

»Nein, nein, aber Sie haben zu Fjodor gesagt ... Also, da ...«

»Bitte, bitte. Ich höre.«

Ilja Dawidowitsch schwieg.

»Bitte, ich höre Ihnen zu.«

»Sie haben gesagt, ich würde mich hinter meinem Kragen verstecken ...«

»Jetzt reicht's aber mit diesem Quatsch. Übrigens, wenn Sie schon diesen Vorfall diskutieren wollen: Nach unse-

rer Begegnung war ich im Laden. Wollen Sie auch jetzt noch behaupten, Sie seien genau dorthin gegangen?«
Ilja schwieg.
»Sie, Kobot, macht offensichtlich mein Einzug in diese Wohnung nervös, nicht wahr? Ja oder nein?«
Im Küchenschrank klirrten leise die Weingläser. Schrecklich tickte die Uhr.
»Vielleicht haben wir endlich genug den Schweigsamen gespielt, mh?!!« schrie Pushaty plötzlich und klopfte kräftig die Papirossa auf den Tisch.
Ilja Dawidowitsch zuckte zusammen wie bei einem Elektroschock und flüchtete zum Fenster. Pushaty stand auf, wobei er den Stuhl umwarf, und verließ das Zimmer.
Kobot starrte mit weit aufgerissenen Augen ins Leere. Nachdem er wieder zu sich gekommen war, stürzte er Hals über Kopf in den Flur, zog den Mantel an und rannte auf die Straße.

Auf der Straße erschien ihm alles wie ein Alptraum: durch alle Gassen pfiff der Wind; Passanten liefen wie Soldaten von einer Bushaltestelle zur anderen, Straßenlaternen, Autos ... Nichts, wo er sich verstecken konnte. Nach Hause zurück wollte Ilja erst am späten Abend.
Ohne den Mantel abzulegen, ging er auf Zehenspitzen in sein Zimmer, zog ihn dort aus, drehte einige Runden durchs Zimmer und steckte den Kopf in den Flur hinaus. In der Küche frenetisches Gläseranstoßen und die dröhnende Stimme Pushatys:
»Ein Feind ist der doch, ein Feind! Der echte Überfeind. Was er auch macht, ich sehe, er ist ein Feind, aber ich kann ihn mir nicht kaufen ... Wart nur – siehst du Alexej

Pushaty? Der entwischt mir nicht! Nein, der verrät sich von selber!«

Am folgenden Tag hatte Ilja Dawidowitsch jeden Mumm verloren und ging überhaupt nicht nach Hause. Zum ersten Mal seit langer, langer Zeit übernachtete er nicht im eigenen Bett. Er lud sich bei einem Bekannten ein, das heißt bei einem Arbeitskollegen. Da war es eigentlich ganz nett, sie spielten ein bißchen Karten, sprachen über die Arbeit, aber es fiel ihm trotz allem schwer an dem ungewohnten Ort, und außerdem war es unbequem.
Dann fuhren sie gemeinsam zur Arbeit; da lenkt man sich irgendwie ab, reinigt sich, und die Zeit, die man nicht auf der Arbeit verbringt, erscheint einem kurz und wenig bedeutend. Nach der Arbeit ging Ilja zwecks endgültiger Entspannung noch ins Kino und sah sich »Die Version des Oberst Sorin« an, wonach er sich vollkommen ruhig nach Hause begab. Im Ernst, wie lange sollte er sich denn noch vor diesem idiotischen Milizionär fürchten? Er mußte ihm ruhig und ironisch zu verstehen geben, wie blöd er sich aufführte; noch besser ihm einen Denkzettel verpassen, wie es sich gehörte, ihn in seine Schranken verweisen ... nein, ach was, zum Teufel mit ihm, es lohnte gar nicht.
Kobot betrat die Wohnung, zog den Mantel aus (den er sogar abbürstete), marschierte erhobenen Hauptes in sein Zimmer, wo er sich kaltblütig an den Tisch setzte und ein Buch zur Hand nahm: »Anmerkungen zur Geschichte der Gegenwart«.
Beinahe im selben Moment erschien Pushaty und ließ sich Ilja gegenüber nieder. Ilja Dawidowitsch löste den Blick von seinem Buch, sah Pushaty kühl an und vertiefte

sich wieder in die Lektüre. Der Milizionär trommelte mit den Fingern auf dem Tisch herum, seinen giftigen Blick auf den lesenden Kobot gerichtet.
»Was lesen wir denn da für ein schlaues Buch?«
Ilja schaute weiter in sein Buch.
»Jetzt aber weg mit dem Buch! Augen zu mir, zack, zack!« brüllte Pushaty schrecklich wie nie zuvor und haute kräftig mit der flachen Hand auf den Tisch. Es krachte richtig, das Buch fiel zu Boden.
Kobot hatte nichts mehr zum Hineinsehen, und er warf einen leidgeprüften Blick auf Pushaty. Der saß knallrot da und atmete schwer.
»Alexej Stepanowitsch, ich finde, es ist endlich an der Zeit ...«, begann Ilja.
»Kobot, was haben Sie letzte Nacht getrieben?« unterbrach ihn Pushaty.
»Ich ... was? Geschlafen, übernachtet ...«
»Wo? Adresse?«
»Wieso, was hat das damit ... auf der Arbeit, das heißt, bei einem Kollegen ...«
»Interessante Arbeit, die Sie da haben, ich muß schon sagen ... Die Adresse will ich wissen!«
Ilja Dawidowitsch begriff, daß es besser war, sich nicht aufzuplustern und lieber ruhig auf Fragen zu antworten, damit Pushaty sich abregte, einsah, daß er im Unrecht war, und von ihm abließ. Indes konnte er sich in dem Moment wirklich nicht an die Adresse des Kollegen erinnern, in einem dermaßen überreizten Zustand.
»Ich erinnere mich im Moment nicht genau. Hinfinden könnte ich, aber ich kann auch morgen mal fragen.«
»Das heißt, wir erinnern uns nicht, wo wir übernachtet haben? Vielleicht wollen wir uns ja gar nicht erinnern?«

Die Adern an Pushatys Hals traten hervor und pulsierten. Er stand auf, betrachtete prüfend das Zimmer und ging Türen knallend hinaus.
Ilja gab ein Stöhnen von sich, sprang auf, rannte hin und her. Er lief zur Tür, hielt allerdings einen gewissen Abstand, damit es nicht so aussah, als wollte er lauschen, und blieb wie angenagelt stehen. Nach einer Weile läutete es – Wassili war gekommen, Fjodors Schüler, er brachte eine Flasche Wermut, tanzte und summte etwas Orientalisches. Fjodor äußerte mehrmals nachdrücklich, daß Portwein panthealer sei als Wermut. Plötzlich ertönte Pushatys gebieterische Stimme:
»Schluß mit dem Krach! Vorsicht bei jeder Bewegung in der Wohnung! In der Wohnung ist Kobot!«

Spätabends, als alle schon still waren, schlich Ilja auf Zehenspitzen durch den Korridor zur Toilette, wobei er ängstlich bei jedem Schritt lauschte. Er ertastete die Tür, öffnete sie langsam, damit sie nicht quietschte, ging hinein und wollte sie ganz, ganz leise schließen.
Getöse im Flur, das Licht ging an. Pushaty packte die Klinke der fast schon geschlossenen Tür und zerrte daran mit dem durchdringenden Schrei:
»Halt, du Mistkerl! Du entwischst mir nicht!!«
Ilja klammerte sich mit letzter Kraft an die Türklinke, doch die Tür ging unabwendbar weit auf. Kobot schrie gehetzt auf und bedeckte den Kopf mit den Armen.
Pushaty stand einen Moment in der Tür, drohend wie ein Denkmal, und ging schließlich wortlos in sein Zimmer, eine alarmierende Alkoholfahne zurücklassend.

Etwa drei Stunden später, als Kobot auf dem Sofa einnickte, wo er sich angezogen niedergelegt hatte, war vom Flur her lautes, ungedämpftes Getrampel von Stiefeln zu hören. Ein schreckliches Knistern und Knarzen drang direkt ins Ohr und dann eine Stimme aus einem Lautsprecher:
»Achtung, Kobot! Sie sind umzingelt! Jeder Widerstand ist zwecklos! Kommen Sie raus und ergeben Sie sich!«
Ilja riß die Augen auf, daß es schmerzte, schob die Hand zwischen die Zähne und biß hinein.
»Ich wiederhole, Kobot, jeder Widerstand ist zwecklos! Kommen Sie raus und ergeben Sie sich!«
Wieder ein angespanntes, abwartendes Knistern.
Eine Tür knallte, dann die Stimme Maxims:
»Jetzt brüllst du auch noch hier rum, du Arschloch! Nicht genug, daß ein Scheißer nachts rumschreit, jetzt haben wir auch noch einen zweiten!«
»Alle bleiben in ihren Räumen!« antwortete Pushaty durch den Lautsprecher.
»Ich geb dir gleich deinen Raum, du Arsch!«
Im Flur lief man noch eine Weile hin und her, knipste das Licht an und aus – Kobot lag beinahe bewußtlos da. Er zerriß sich das Hemd auf der Brust und lag röchelnd auf dem Rücken.

Gegen Morgen versank Ilja Dawidowitsch in einen schweren, unruhigen Schlaf. Er wurde oft wach und hatte seine Alpträume sofort wieder vergessen, denn die Wirklichkeit erschien im noch schlimmer, ekelhafter und unbegreiflicher. Vom kleinsten Geräusch wurde er wach, reckte den Hals vor und starrte schlaftrunken in alle Richtungen.

Als es im Zimmer hell zu werden begann, als die undeutlichen Möbelschwaden Gestalt annahmen, wenn auch unklar war, was für eine, ging abrupt die Tür weit auf, und aus dem Türrahmen donnerte Pushatys Stimme:
»Keine Bewegung! Bei der kleinsten Bewegung schieße ich! Hände hoch!«
Eine schwarze Figur tauchte aus der Dunkelheit auf und stürzte zum Lichtschalter.
Kobot schoß wie eine Sprungfeder in die Höhe, entsicherte mit einer Bewegung und drückte auf den Abzug.
Ein Schuß knallte, und die schwarze Figur krachte auf den Fußboden.

Alle kamen in den Flur gerannt. Maxim knipste das Licht an. Man drehte Pushaty auf den Rücken. Direkt gegenüber dem Herzen breitete sich auf der dunkelblauen Uniform ein schrecklicher Blutfleck aus. Kobot drückte sich in eine Ecke des Sofas, betrachtete immer wieder seine Hände und tastete damit herum.
Alle starrten benommen die schwere, plumpe Leiche an.

Epilog

Der plötzliche Tod Pushatys erschütterte alle Bewohner der Kommunalka. Kobot ging Maxim und Fjodor tagelang auf die Nerven und wollte wissen, ob sie ihm glaubten, daß nicht er Pushaty umgebracht hatte. Man wollte es wohl glauben, andererseits war ja sonst keiner dagewesen. Aber Kobot konnte es nicht gewesen sein, der ja nie im Leben eine Waffe in der Hand gehalten hatte, und überhaupt …
Ilja wurde nicht abgeholt; unklar, warum nicht, man holte ihn nicht, und basta. Die Sache wurde vertuscht.

Und Pjotr, Maxims Schüler, schien endgültig zu glauben, daß man ihm etwas vormachte – er nannte Ilja Dawidowitsch »Unseren Rinaldo Rinaldini« und widmete ihm ein kleines Gedicht:

Kobots Ketten rasseln
Schrecklich in der Nacht.
Eines Morgens, noch ganz ungewaschen,
Hat er den Nachbarn umgebracht ...
Nun ist ihm klar, was Freiheit meint,
Er verflucht sein schweres Los,
Schwer schleppt er sich dahin und weint,
Und seine Ketten rasseln bloß.

Pjotr hatte nicht lange seinen Spaß – nachdem sich Maxim das Gedicht angehört hatte, verpaßte er ihm eine Backpfeife und sagte:
»Willst du auch noch eine draufhaben, du Arsch?«

GÄSTE

(Ein Gespräch)

Das Zimmer von Pjotr, Maxims Schüler. Ein großer Tisch, ein Schrank voller Bücher – keine schlechten Bücher, doch sind sie widerlich abgegriffen, viele haben einen Bibliotheksstempel. Ein halb auseinandergenommenes Tonbandgerät. Alle möglichen Sachen. Unter einer Ecke des Bettes ein Stapel Zeitschriften und Bücher; der fehlende Fuß liegt gleich daneben. Das Zimmer ist einigermaßen sauber, auf dem Tisch drei Flaschen Portwein, Brot – Pjotr erwartet offenbar Gäste.
Pjotr sitzt mit einem Buch am Tisch. Er blickt auf die Uhr, dann nimmt er eine Flasche vom Tisch, öffnet sie, gießt sich ein halbes Glas voll, trinkt langsam. Es läutet. Pjotr trinkt rasch aus, gießt sich noch einmal soviel ein und trinkt, offensichtlich um sich Mut zu machen. Man hört, daß im Flur die Haustür geöffnet wird.

Pjotr *(verschluckt sich, ruft)* Das ist für mich! *Er läuft hinaus. Kommt mit den Gästen zurück. Als da sind: Wassili, Fjodors Schüler; Alexej Shitoi, ein kräftiger Kerl; Motin, ein verkannter Künstler; Wowik, ein ganz und gar schwacher Typ, nur seine Kiefer sind kräftig von häufigem verschämtem Aufeinanderpressen; Samoilow.*

Shitoi Ach ne, er hat schon angefangen! Jungs, das müssen wir aufholen! *Er entnimmt seiner Ak-*

tentasche zwei Flaschen Portwein, eine billigere Sorte als die, die auf dem Tisch steht.

Wassili Wart mal, laß uns erst was zum Einschieben fertigmachen. Ich hab den ganzen Tag nichts gefressen.

Shitoi O Mann, wie ich so was nicht ab kann, so ein Hin und Her … Wowik, hast du Wurst mitgebracht? *Wowoik entnimmt einem Beutel mit der Aufschrift »Demis Roussos« eine Wurst und zwei Flaschen Wermut, keinen italienischen, versteht sich.*

Pjotr Was kaufst du Trantüte eigentlich Wermut, wo es doch Portwein in den Läden gibt?

Wowik Für zwei Flaschen Portwein hat's nicht gereicht.

Pjotr Mit diesem Giftzeug hab ich mir schon mal den Magen verdorben. *Pjotr tischt Wurst und Brot auf, bringt gekochte Kartoffeln aus der Küche. Wassili nimmt Gläser aus dem Schrank. Alle setzen sich, nur Samoilow bleibt stehen, die Hände in den Taschen, und blickt mit ironischem Gesichtsausdruck in die Mitte des Tisches. Shitoi schenkt Portwein ein. Alle heben mit den Worten »na gut«, »na dann« ihre Gläser, trinken und essen was nach; Samoilow dreht das Glas in den Händen, betrachtet es mit spöttischem Blick.*

Wassili Setz dich, was stehst du da rum wie der Eherne Reiter. *Samoilow setzt sich, herablassend lächelnd.*

Shitoi Kippen wir gleich noch einen hinterher, damit man was merkt. *Er schenkt ein. Fast alle trin-*

ken. Wassili trinkt auf einen Zug aus, so, wie es Fjodor gewöhnlich macht, Pjotr dagegen trinkt ein wenig, setzt das Glas ab und trinkt wieder ein wenig, wie es Maxim tut.

Wassili *(zu Motin)* Was ist los mit dir? Sei nicht so angestrengt, entspann dich.

Motin Ach, Mist ... Nach dieser elenden Arbeit kann ich überhaupt nichts mehr tun. Und dann wundern sich die Leute, daß wir trinken ... Wir trinken noch viel zuwenig!

Shitoi Genau! *Schenkt allen noch einen ein.*

Wassili Daß wir trinken, ist ein Ausdruck philosophischer Tollwut.

Samoilow Darum trinken wir ja auch, weil uns der Kater nicht so quält, solange wir betrunken sind.

Motin Nach dieser Arbeit bin ich vollkommen schachmatt, wie soll ich da noch Bilder malen – das kann ich schon ein Jahr nicht mehr. Ich nehme einen Pinsel zur Hand und hab schon keine Lust, die Farbe aus der Tube zu drücken, solche Schwermut packt mich – was kann ich schon in einer Stunde malen, fertig, wie ich bin?

Wowik Und sonntags?

Motin *(sehr gereizt)* Und was ist mit der Regeneration der Arbeitskraft am Sonntag? Eine ganze Woche liegt vor einem, in der man schuften muß wie Carlo! Und die Wohnung putzen? Und mit dem Sohn spazierengehen? Einkaufen gehen? Was ist damit?

Pjotr Jeder lebt wie er's ver ...

Motin *(unterbricht ihn)* Da schreibt zum Beispiel

Andrej Bely, daß Blok, obwohl die beiden ja keine freundschaftlichen Beziehungen hatten, ihm tausend Rubel geschickt habe und daß er sich ein halbes Jahr ohne Not mit Anthroposophie beschäftigen konnte. Anthroposophie, hm? Ein Leben hatten diese Mistkerle! *Kippt ein Glas.* Befreit mich für ein halbes Jahr von dieser Katorga, und ich zeig euch eine Anthroposophie, die sich gewaschen hat ...!

Shitoi Und eure Freunde da, diese ... Maxim und Fjodor – die arbeiten wohl überhaupt nicht, hm, Pjotr?

Pjotr Nö.

Motin *(sauer)* Wie das?

Pjotr Na ja, so eben ... irgendwie nicht.

Wowik Schon lange nicht?

Pjotr Weiß nicht genau ... Wassili, weißt du das? *Wassili schüttelt den Kopf.*

Samoilow Und was machen sie?

Motin Überhaupt nichts! Sie trinken! Wozu zum Kuckuck ihr euch mit denen abgebt, versteh ich nicht. Echte Alkis.

Shitoi Schön und gut, aber laßt uns noch einen trinken! *Schenkt ein.*

Motin Was ist das für Wurst?

Wowik »Doktorskaja«.

Wassili Ne, ne, mit Maxim und Fjodor ist das nicht so einfach ...

Motin *(unterbricht ihn)* Schon gut ... Ich kenn diese Pappenheimer, Maxim und Fjodor, laß mal. Echte Alkonauten.

Shitoi Sagt mal, was war eigentlich los, ich hab

gehört, da ist jemand umgebracht worden? *In dem Moment stellt Samoilow das Tonbandgerät an. Man hört eine schlechte Aufnahme von Ellingtons »Caravan«.*

Motin Mach das aus!

Samoilow Vielleicht sollten wir irgendwas auflegen? Pjotr, hast du Beatles?

Pjotr Nein, hab ich grad nicht. Laß das drauf, stell den Ton leiser.

Samoilow Was ist das?

Shitoi *(zu Wowik)* Trinkst du nun aus oder nicht? Du siehst doch, daß alle auf dich warten!

Pjotr Ellington.

Shitoi Also, ich mach den Wermut auf. Was meint ihr?

Wassili Mach mal.

Samoilow O ne, bloß nicht Ellington.

Wassili Laß den Ellington drauf, sag ich dir!
Shitoi schenkt ein.

Wowik Also, wer ist umgebracht worden?

Pjotr *(mit einem Blick auf Wassili)* Da gab's einen Nachbarn, bei Maxim und Fjodor, einen Milizionär. Der ist umgebracht worden.

Shitoi Von wem?

Pjotr Das weiß man nicht.

Shitoi Wie? Man hat keinen geschnappt? Und wo ist er umgebracht worden?

Pjotr *(widerstrebend)* Da eben, zu Hause.

Shitoi Ist ja 'n Ding! Und wer wohnt da noch in der Wohnung?

Pjotr Nur noch dieser ... Kobot.

Shitoi Vielleicht hat der ihn umgebracht? Wo hat

man diesen Milizionär umgebracht? Und wie?

Pjotr Erschossen … Im Zimmer von diesem Kobot.

Shitoi Und haben sie Kobot abgeholt?

Pjotr Ne.

Shitoi Jetzt müssen wir erst mal einen trinken. *Schenkt ein.*

Wassili Ne, ne, so einfach kann man das nicht erzählen. Pjotr und ich, wir haben diesen Milizionär nicht besonders gekannt, ich hab ihn ein paarmal in der Küche gesehen. Keine Frage, das war ein Mensch, der sich angemaßt hat, andere zu verurteilen. Solche Leute sind ein gefundenes Fressen für den Teufel – wenn so einer nicht selbst jemanden umbringt, dann wird er umgebracht. Man muß einfach früher oder später damit rechnen … wie mit einer Naturkatastrophe. Das heißt, der Punkt ist nicht, daß er zufällig in die Schußlinie geraten ist …

Samoilow Also, wer hat ihn denn nun umgebracht?

Wassili Das ist es ja gerade, anscheinend Kobot, und dann auch wieder nicht. Kobot war einfach aus Angst für eine gewisse Zeit in der Macht des Bösen, er wurde zum perfekten Werkzeug.

Shitoi Versteh ich nicht.

Wassili Also, es war so, daß der Milizionär Kobot verdächtigt hat, er hat ihn getriezt und getriezt …

Shitoi Und Kobot hat ihn also …

Wassili Nein. Wie soll man das erklären … weißt du, wenn man einem Menschen jeden Tag sagt, daß er ein Schwein ist, dann wird er auch zum Schwein. Er wird es irgendwann selbst glauben. Es gibt im Lamaismus ein Dogma, daß die Welt nicht Realität ist, sondern die Gesamtheit der Vorstellungen von der Welt, das heißt, wenn alle Menschen die Augen zumachen und sich den Himmel nicht blau, sondern zum Beispiel rot vorstellen, dann wird er tatsächlich rot. *Samoilow guckt ironisch, eine Braue höher als die andere. Shitoi ist schlecht drauf.*

Motin Hört mal, vielleicht reicht's jetzt, hm?

Wassili Gleich. Also, Pushaty war dermaßen sicher, daß Kobot ein Verbrecher ist, er hat ihm so zugesetzt, daß Kobot vollkommen durcheinander war und es geglaubt hat.

Shitoi Und ihn kaltgemacht hat?

Wassili Eben nicht! Nicht ganz ... Pushaty hat einfach einen Dämon erschaffen, der ihn dann auch umgebracht hat.

Samoilow Ein Mops kam in die Küche
Und stahl dem Koch ein Ei,
Da nahm der Koch den Löffel
Und schlug den Mops zu Brei.
Wassili zuckt traurig die Schultern. Trinkt.

Wowik Ist das auch Ellington? *Pjotr nickt.*

Wassili Kobot hat keinen umgebracht! Vielleicht hat er überhaupt zu dem Zeitpunkt geschlafen; aber jeder böse Gedanke ist ein Dämon, der ...

Pjotr *(unterbricht ihn)* Darum geht's nicht, Wassili. Ich habe zuerst überhaupt nicht geglaubt, daß man Pushaty umgebracht hat, und noch weniger, daß es Kobot war, und ich habe ein kleines Gedicht geschrieben ...

Wassili Und?

Pjotr Maxim hat zu mir gesagt, ich erinnere mich genau: »Willst du auch noch eine draufhaben?«

Shitoi Trinken wir erstmal einen! *Schenkt ein.*

Pjotr Verstehst du, was er damit sagen wollte? Daß ein Mensch wie Kobot, eben ein einfacher Mensch, der sich durch nichts von andern unterscheidet, ein Spießbürger – daß man sich mit so einem nicht einlassen soll, mit dem ist nicht zu spaßen, so einer hat ungeahnte Ressourcen. Gerade solche unauffälligen Menschen bestimmen dein Schicksal – Motin, warst du das, der sich beschwert hat?

Motin Hör mal, es reicht …

Pjotr Genau das hat Maxim auch gesagt – laß ihn in Ruhe, hat er gesagt, sonst kriegst eine drauf.

Samoilow Ich verstehe nicht, warum du dich immer auf diesen Maxim berufst wie auf einen Lehrer.

Motin Wie kleine Kinder – Pjotr genauso wie Wassili! Ein Riesengetue machen sie um diese Alkis, ein Riesengetue …

Pjotr Aber sie haben uns doch tatsächlich etwas … dies und das gelehrt …

Samoilow Was denn?

Pjotr So konkret ist das schwer zu sagen. Also, hast du was über Zen gelesen?

Motin Kenn ich. Ich hab dir schließlich die »Einführung in den Zen-Buddhismus« geliehen!

Pjotr Und findest du nicht, daß Maxim und Fjodor sich oft verhalten, sozusagen …

Motin Zenmäßig? *Alle, sogar diejenigen, die noch nie*

etwas von Zen-Buddhismus gehört haben, lachen. Wassili lächelt.

Pjotr Und?

Shitoi Und nun ist es Zeit, einen zu trinken! *Schenkt ein.*

Motin *(zu Samoilow)* Mach mal lauter. Oder ist das auch Ellington?

Pjotr Ja. Nein, nicht lauter stellen, wart mal. Ich erzähl euch lieber was. Vor dem Haus von Maxim und Fjodor liegt so ein runder Klotz, und Fjodor sagt jedesmal, wenn er daran vorbeikommt: »Mann, was 'n Dingsda!« Und eines Tages habe ich zu ihm gesagt: »Wieso sagst du das jedesmal? Ich weiß längst, daß das ein Dingsda ist.« Und da hat Maxim – der war auch dabei – mir die Faust unter die Nase gehalten und gesagt: »Und weißt du auch, was das ist?« *Alle lachen.*

Motin Das war alles?

Pjotr Ja, alles. *Allgemeines Gelächter.*

Motin *(breitet die Arme aus, setzt eine ehrerbietige Grimasse auf)* Tja, das ist nichts für Leute mit schwachen Nerven …

Pjotr Und was gibt's da zu wiehern? *Das Gelächter, das schon nachgelassen hatte, wird wieder stärker.*

Pjotr Ach, leckt mich doch …!

Shitoi Also, ich würde mal sagen: Du kannst ein Jahr nichts trinken, aber heute einen zu heben ist gottgefällig! *Schenkt ein.*

Pjotr Also, was wollte eurer Meinung nach Maxim mit diesem Satz sagen? Laßt das Gewieher und hört mir zu! Er wollte sagen, daß zum Beispiel seine Faust, die ich oft gesehen habe, in ganz anderer Beschaffenheit erscheinen kann und das ja auch jedesmal tut. So sollte auch jeder andere Gegenstand in der Welt, jede Erscheinung, so vertraut sie uns auch sein mag, unsere Aufmerksamkeit unablässig fesseln; denn alles kann sich verändern, alles verändert sich – und wir sind in unserem Dogmatismus gefangen. Diese Aufmerksamkeit gegenüber allen Dingen wollte Fjodor zum Ausdruck bringen, indem er so übertrieben, jedenfalls auf den ersten Blick, die Aufmerksamkeit auf dieses Dingsda richtete. Und immer wieder hat er das erkannt. *Pause.*

Samoilow Das ist doch echt aus den Fingern gesogen.

Wowik Nein, das ist natürlich alles sehr interessant, aber Maxim hat das wohl kaum gemeint, als er dir seine Faust gezeigt hat.

Wassili Jedem das Seine. Das heißt, jeder versteht die Dinge nach seinen Möglichkeiten.

Motin *(böse)* Oh, oh, oh!

Pjotr Ja, aber darum geht es nicht. Was soll das heißen, er hat das nicht gemeint? Maxim und Fjodor tun natürlich alles intuitiv …

Motin Bitte, es reicht!

Wowik Nein, laß ihn doch ausreden!

Pjotr … aber sie wissen doch auch, was sie tun. Ein anderer Vorfall. Einmal habe ich beobachtet, daß Fjodor, als in der Schlange vor der Bierbude die Reihe an ihn kam, kein Bier kaufte, sondern wegging.

Shitoi *(verblüfft)* Wieso?

Pjotr Das habe ich auch gefragt: wieso? Um so mehr, als Fjodor sich danach wieder in die Schlange einreihte. Und Fjodor hat mir geantwortet: »Auf daß die Schöpfung Ewigkeit erlange, darf man sie nicht vollenden.« *Schmunzeln.*

Samoilow Also, das ist doch die reinste Idiotie.

Shitoi Ich hab's irgendwie nicht geschnallt. Trinken wir einen! *Schenkt ein.*

Pjotr Na ja, diesen Satz – auf daß die Schöpfung Ewigkeit erlange, darf man sie nicht vollenden – habe ich selbst irgendwann zu ihm gesagt. Ein bekanntes, ostasiatisches Prinzip. In China zum Beispiel hat man, sogar wenn ein kaiserlicher Palast gebaut wurde, eine Ecke nicht fertiggebaut. So auch hier. Fjodor ist, offen gesagt, kein sehr kluger, kein besonders großer Mensch – wo sollte er dieses Prinzip anwenden? Nur so, auf dieser Ebene. Er gibt zu verstehen, daß auch in kleinen Dingen hohe Prinzipien notwendig sind. Das ist am allerschwierigsten ... Natürlich wirkt das hier komisch, dadurch aber um so offensichtlicher. Man kann sagen, daß er dieses Prinzip vollkommen falsch angewandt hat – es ist eine Sache, eine Schöpfung nicht zu vollenden, irgendwo kurz vor der Vollendung abzubrechen, und eine andere Sache, überhaupt nicht damit zu beginnen und beim vorbereitenden Stadium aufzuhören – beim Schlangestehen. Damit ironisiert er einfach meine Behauptung und sagt, daß man nicht immer nach jedem Prinzip greifen sollte. Und außerdem hat er das getan, um zu sehen, wie darauf solche Esel reagieren wie ihr, die bloß wiehern können!

Samoilow Laß man gut sein, was bist du gleich so sauer!

Motin Und wozu, verdammt nochmal, spielst du dich hier den ganzen Abend so auf? Vielleicht reicht's jetzt endlich?

Wowik Na, na ... Schon gut ...

Shitoi Jungs, beruhigt euch! Wowik, trinkst du irgendwann mal aus?!

Wassili Wowik, ich glaube, du hast schon genug.

Motin He, Samoilow! Das Band ist schon lange zu Ende! Dreh es um.

Samoilow Und was ist da drauf?

Pjotr Ellington.

Samoilow Hast du nicht irgendwas anderes?

Wassili Ach, leg Ellington auf, was soll's! *(zu Motin)* Na, und wie geht's mit deiner Arbeit?

Motin Du kannst mich mal.

Wowik Nein, interessant ist er schon, dieser Fjodor ...

Shitoi Pjotr! Wo hast du dein Glas hingetan? Ah, gib's mal rüber, da steht's, am Tonbandgerät.

Samoilow dreht das Band um und macht die Musik lauter. Alle müssen nun mit erhobener Stimme sprechen.

Pjotr *(scheinbar zu sich selbst)* Ihr versteht eine einfache Sache nicht. Wie schon Schestow sehr gut dazu gesagt hat: Die Menschheit ist verrückt geworden an der Idee vernünftigen Verstehens. Maxim und Fjodor zum Beispiel ... na ja, unter uns, sind dumme Menschen ...

Motin *(sarkastisch)* Nicht möglich!

Pjotr ... und kein bißchen ungewöhnlicher als wir. Aber so merkwürdig es auch ist, sie sind aus dieser Welt der unerträglichen Durchschnittlichkeit herausgetreten ... sozusagen durch den Hinterausgang. Und so ...

Wassili Pjotr, halt die Klappe, bevor es zu spät ist.

Samoilow Wowik, gib mal die Wurst rüber, wenn noch was da ist.

Shitoi Eine Wurst haben wir heute. Also echt. Könnte ich kiloweise essen!

Wassili Du bist zwar Lotophage, aber selbst an der Idee des vernünftigen Verstehens verrückt geworden. Ein Mist ist der Zen-Buddhismus, wenn man ihn so wiederkäuen kann.

Pjotr Dann versuch doch mal, das mit Maxim zu erklären!

Wassili Du bist offenbar einfach betrunken. Und Maxim und Fjodor sind unbekannte, unerklärliche Helden.

Shitoi Mamma mia! Wir haben noch nicht mal den Portwein ausgetrunken!!! Wassili, da ist noch eine Flasche übrig!

Wassili Stimmt! Die ist da in der Plastiktüte.

Samoilow Pjotr, was machen wir mit Wowik?

Pjotr Da unterm Bett hab ich einen Schlafsack. Leg ihn ans Fenster.

Motin Hier kann man ja nur wegkippen, wenn einem den ganzen Abend das Hirn vollgewichst wird mit diesen Maxims und Fjodors. Ich wundere mich bloß, daß wir nicht alle schon schlappgemacht haben. Wenn du wenigstens vernünftig erzählen könntest, statt immer von irgendwelchen Tankas und Koans zu quatschen. Was ist eigentlich »Monogatari«?

Shitoi Ach, Jungs! Trinken wir endlich einen in Ruhe! *Schenkt ein.*

Samoilow He, seid mal ruhig! Ist das McCartney?

Pjotr Scheint so.

Samoilow Ruhe! Hört doch mal zu. *Sie hören das Lied zu Ende an, mit den Füßen stampfend. Samoilow summt mit.*

Motin Leg noch irgendwas auf … Hast du was von Tanja Iwanowa?

Pjotr Nein.

Shitoi Ach, schade! Zu ihrer Musik trinken, echt, ich sag's euch …

Wassili Aber nur Wodka.

Pjotr Wie spät ist es? Ach, Mist, schon nach neun! Okay. Der Portwein ist sowieso alle – wir müssen zusammenlegen und im Lokal was besorgen! *Alle außer Wowik und Samoilow, die schlafen, kramen ihr letztes Geld heraus. Shitoi läuft ins nächste Lokal. Motin legt auf gut Glück irgendein neues Band auf.*

Motin Was ist das?

Pjotr Ellington.

Motin Hast du den gehortet, oder was? *Pause. Eine Weile vergeht mit Warten auf Shitoi. Es bleibt nichts übrig, als Ellington zu hören. Alle haben einen gutmütigen, entspannten Gesichtsausdruck.*

Wassili *(zu Motin)* Na, und hast du irgendwas gemalt?

Motin Na ja … Keine Zeit …

Wassili Wer hat die schon? Man hat eh nichts zu erwarten. Es wird keinen Tausender von Blok geben.

Motin *(ernst)* Ich warte, daß mein Sohn erwachsen wird.

Wassili Hm … Und wie alt ist er jetzt?

Motin Ungefähr zwei.

Wassili Ungefähr zwei! Weißt du das etwa nicht genau?

Motin Zwei! Ich warte auf überhaupt nichts!

Wassili Unmöglich, daß ein Atheist auf nichts wartet. Wir warten alle darauf, daß diese verdammte Gegenwart aufhört und etwas Neues anfängt. Als wir noch zur Schule gingen, haben wir darauf gewartet, daß sie vorbei ist. In der Uni haben wir auch gewartet, wir haben davon geträumt, so schnell wie möglich mit der Lernerei fertig zu sein. Jetzt warten wir, daß der Sohn erwachsen wird, oder noch ärger, daß wir in Rente gehen. Und sogar glückliche Menschen haben es eilig in die Zukunft. Ist das nicht schrecklich? Nur schnell, schnell dies überstehen, dann das, und dann – dann kommt doch der Tod, oder wie seht ihr das?

Wie ein Schwimmer, der mit aller Kraft schwimmt, der schwimmt, so schnell er kann, ohne auf irgend etwas zu achten, schwimmt er ans Ziel. Dabei schwimmt er – und das weiß er selbst am besten – auf einen Strudel zu. Und von diesem Schwimmer wird verlangt, Optimist zu sein.

Pjotr Aber der Rettungsanker ist das Nichtdenken an den Tod.

Wassili Wieso Rettungsanker? Ein besserer Rettungsanker ist dann der Wahnsinn. Alles leere Phrasen! Ich hab mal gehört: »Leben ist Selbstzweck«, »etwas Besseres und Gescheiteres als das Leben kann man nicht erfinden«! Worauf wartet ihr eigentlich alle?

Pjotr Wo wohl Shitoi so lange bleibt?

Motin Herrgott! Wie ich das alles satt habe! *Pause. Motin beginnt vor sich hin zu dösen.*

Pjotr Guo Xi hat geschrieben: An jenen Tagen, da mein Vater den Pinsel zur Hand nahm, setzte er sich unbedingt ans helle Fenster an einen sauberen Tisch, entzündete ein Räucherstäbchen, nahm den besten Pinsel und vortreffliche Tusche, wusch sich die Hände, reinigte das Tuschtöpfchen. Als erwarte er einen wichtigen Gast. Sein Geist war rein, die Gedanken waren konzentriert. Dann begann er zu arbeiten.

Oder ein Künstler der Renaissance – er fastete zwei Tage, erst dann, nach langen Gebeten, wenn er alle aus dem Haus geschickt und gewartet hatte, bis sich der Staub gesetzt, nahm er den Pinsel zur Hand.

Unser Motin möchte es genauso machen.

Von Guo Xi hat mir übrigens Maxim erzählt. Stell dir vor, in welcher Umgebung: In ihrem eingesauten Zimmer, in der Hand ein Glas, das noch niemals abgespült worden ist, mit genauso einem Giftzeug drin, wie wir es gerade trinken. Wozu brauchte man in alter Zeit diese Sauberkeit? Um sich von Äußerlichem nicht ablenken zu lassen. Aber vielleicht haben wir die Konzentration schon erreicht? Und das Äußerliche ist unwichtig? Achmatowa ist mir eingefallen: »Und wüßten Sie, wie ohne jede Scham Gedichte wachsen, und aus welchem Müll ...« *Wassili kann sich nicht beherrschen, lacht.*

Pjotr Was lachst du?

Wassili Er hat sie erreicht! *Lacht.*

Pjotr Wieso?

Wassili Nichts. Alles richtig, was du sagst, Pjotr, laß mich dich küssen. Du bist ein faustischer Mensch, Pjotr. Faustisch. Irgendwas zu Faust wollte ich ... Ja! Hat Maxim dir von Guo Xi erzählt?

Pjotr Und?

Wassili Woher kennt er ihn? Woher sollte er ihn schon kennen?

Pjotr Er kennt ihn, und basta.

Pause.

Samoilow Pjotr, kann ich mich etwas aufs Bett legen, bis Shitoi zurückkommt?

Pjotr Klar.

Wassili *(plötzlich betrunken)* Willst du, Pjotr, daß ich dir verrate, wer Pushaty umgebracht hat?

Pjotr Du doch wohl nicht?

Wassili Ich? Natürlich nicht. Maxim hat ihn umgebracht.

Pjotr *(lacht)* Und du, Bruder Karamasow, hast ihn töten gelehrt?

Wassili Und warum haben sie Kobot nicht abgeholt? Es lag doch auf der Hand, daß man ihn hätte abholen müssen. Warum also nicht?

Pjotr Na, warum nicht?

Wassili Hast du eigentlich nie bemerkt, daß Maxim irgendwie seltsam war? Ich habe es gleich bemerkt, als Kobot gerade erst eingezogen war. Ich erinnere mich, einmal kam er rein, redet irgendwas von putzen, von wegen Plan aufhängen, wer wann den Boden aufwischt, und dann fragt er Maxim: »Und wo arbeiten Sie?« Maxim, sehe ich, ärgert sich, sagt zu ihm: »Und du, wo arbeitest du? – »Bei Mechanobr.« – »Na, dann bleib halt hocken in deinem Mechanobr!«

Pjotr Recht so.

Wassili Recht so, recht so, Zen hin, Zen her, aber ich denke für mich – in der Tat, wo arbeitet er eigentlich, daß er Geld hat, um täglich zu trinken?

Pjotr O Mann, wie oft kann man darüber reden? Und was hat Kobot damit zu tun?

Wassili Kobot hat damit gar nichts zu tun, aber sag mir, wie die beiden nach Japan fahren konnten? Oder folgendes: Wie alt ist Fjodor? Höchstens vierzig. Nehmen wir mal an, er ist vor dem Krieg geboren, meinetwegen in den zwanziger Jahren. Wie konnte er dann noch vor der Revolution Verbindungen zu Untergrundkämpfern haben?!!

Pjotr Wassili, was ist los? Du nimmst das offenbar alles für bare Münze?

Wassili Okay, nehmen wir an – okay … aber in Japan sind sie bestimmt gewesen. Jetzt unterbrich mich doch nicht, ich muß das selbst erst auf die Reihe kriegen. Kurzum, sehr bald … na ja, nicht gleich, aber jetzt eben … bin ich draufgekommen, daß mit Maxim ganz klar das passiert ist, was mit vielen von uns unmerklich passiert. Maxim hat seine Seele dem Teufel abgetreten.

Ich weiß nicht wann und warum, sehr vermutlich schnell und unüberlegt wie alles Wichtige in unserem Leben – Knall auf Fall! – mal sehen, was dabei rauskommt. Was kommt dabei heraus? Wie er gestern getrunken hat, so trinkt er noch heute.

Pjotr Also woher, warum …

Wassili Darum! Unterbrich mich nicht, ich habe dich gebeten. Vielleicht hat er auch nicht begriffen, was er bekommt und was er hergibt? Er ist eines Morgens aufgewacht, und der Teufel wartet auf Befehle: »Was wünschst du, Maxim?« – »Irgendwie eigentlich nichts. Ach doch, ich möchte eine rauchen.« – »Da, bitte sehr, rauch. Wie wär's mit einem Bierchen?« – »Was denn, du kannst auch Bier ranschaffen? Na, dann lauf mal los.« Genau so vielleicht, für eine Papirossa und einen Krug Bier, hat Maxim seine Seele weggegeben. Es kommt übrigens vor, daß auch sehr kluge Menschen sie weggeben: allein für schöne Worte.

Dem Teufel paßt das natürlich so nicht, denn auf die Weise hat überhaupt kein Handel stattgefunden. Denn das Böse und der Verlust der Seele – das ist, wenn der Teufel durch den Menschen handeln kann. Verstanden? Der Kontrakt selbst ist unwichtig, das Entscheidende sind die Dinge, die der Mensch als Folge dieses Kontrakts tut, verstanden? Der Teufel ist bereit, auch ohne Kontrakt zu helfen, Hauptsache helfen – der Mensch hat auch so schon seine Seele verloren.

Pjotr Das Böse ist die Bestrafung von sich selbst.

Motin *(hebt den Kopf vom Tisch)* Alles auf der Welt ist Dreck, Scheiße und Kotze, nur die Malerei ist ewig. *Läßt den Kopf auf den Tisch sinken.*

Wassili Was? Ja. Also, die Aufgabe des Teufels ist es, Maxim einen Begriff vom Weg des Bösen zu geben.

Pjotr Alles gut und schön, aber woher, warum?

Shitoi *(erscheint in der Tür, singt)* Weil es Wodka gibt! Wie schwer trinken sich die ersten hundert Gramm! *Pjotr und Wassili springen unter Begrüßungsgeschrei auf. Samoilow erhebt sich mit gutmütigem Lächeln vom Bett.*

Samoilow *(mit Gefühl)* Ach, Kinder!

Pjotr Eine hast du gekauft?

Shitoi Eine und noch eine Flasche Wermut! *Pjotr, Wassili und Shitoi nehmen sich bei den Händen und tanzen, wobei sie aufgeregte Schreie und unartikulierte Laute ausstoßen. Vom Tonband hört man in dem Moment Ellingtons Klavierstück »Through the glass«.*

Shitoi He, Motin, genug gepennt, steh auf!

Motin *(ohne den Kopf zu heben)* Mir geht's okay …

gut, gleich, bloß mein Kopf soll noch etwas liegen …

Shitoi *(mit guter, salbungsvoller Stimme)* Nun denn, Kinder, okay, ich schenke ein. *Schenkt ein.* Was wir geblecht haben, muß auch getrunken werden! *Alle außer Motin trinken mit den Worten »geht runter wie nix«, »anständig«, »gib das Wasser rüber«.*

Samoilow Pjotr, warum hast du eigentlich keine Weiber?

Pjotr Wie, keine Weiber?

Samoilow Na ja, wir trinken jetzt hier bei dir und immer schon, aber nie auch nur ein einziges Weib.

Pjotr *(traurig)* Weil, es reicht eben …

Shitoi Ganz verkehrt. Mit Weibern ist es lustiger. Ach was, zum Kuckuck mit ihnen, so bleibt mehr für uns. *Schenkt ein.* Nein, Ellington ist doch nicht so übel.

Samoilow Hast du eine Gitarre?

Pjotr Nein! Hab ich nicht!

Samoilow Schade … Und die Nachbarn?

Pjotr Nein.

Shitoi Also, Kinder, schön einen gehoben haben wir heute. Jetzt noch eine Pulle – und man könnte den Leuten wieder in die Augen sehen.

Samoilow Gehen wir eine Gitarre besorgen?

Shitoi Wo?

Samoilow Ich kenn den Typ bei mir nebenan, der hat vielleicht eine.

Shitoi Spinnst du? Wir ziehen los, und die trinken hier alles aus?

Wassili Wozu brauchst du eine Gitarre?

Samoilow Ljoschka, laß uns gehen, ist gleich nebenan.

Shitoi Ach! Okay, zum Henker! Na, dann noch einen auf den Weg! *Trinkt.* Paßt bloß auf, haltet euch zurück ohne uns!

Pjotr Samoilow benimmt sich richtig gut heute, macht überhaupt nicht den Larry.

Wassili Ja, da muß man direkt 'ne Kerbe machen.

Pjotr Hör mal, was hast du da eigentlich von Maxim gefaselt? Daß er seine Seele dem Teufel verkauft hätte? Wolltest du ein Gleichnis erzählen oder was, im Suff?

Wassili Wieso im Suff? Wo war ich stehengeblieben, ach ja, also die Aufgabe des Teufels ist, Maxim einen Begriff vom Bösen zu geben. Das ist nicht schwer, die Welt gehört dem Bösen, und nun hat Maxim auch noch den Teufel zum Gehilfen.

Pjotr Das haben alle.

Wassili Also, und der Teufel stachelt Maxim auch noch auf – wieso benutzt du mich nicht? Na los, entwickle dich; wenn du willst, gebe ich dir das gesamte Bücherwissen ein, wenn du willst, machen wir Reisen – du wirst alles aus eigener Erfahrung kennenlernen. Denn für den Anfang braucht es der Dämon, daß Maxim klüger wird, damit es etwas gibt, womit er ihn versuchen kann; und zweitens, wie schon der Metropolit Antoni gesagt hat: Den Tieren ist kein Gesetz gegeben, und ER verlangt von ihnen auch nichts. Aber von den Wissenden wird es, weil sie wissend sind, verlangt. Unkenntnis des Gesetzes befreit von Verantwortung.

Pjotr Das glaube ich nicht. Das Rad des Sams …

Wassili Bitte unterbrich mich nicht. Dein Samsara-Rad hängt mir zum Hals raus. Natürlich, ganz so ist es nicht. Aber wo hat man schon gesehen, daß ein Mensch wegen eines Kruges Bier Gott entsagt? Und Maxim braucht im Grunde überhaupt nichts – dem kann man nichts anhaben – keine Goldschätze, keine Macht, keine verführerischen Sukkuben. Rein wie ein Kyniker und weiß, daß er nichts weiß, na ja, und daß er trinkt – wenn's weiter nichts ist … Na schön, sagt er, reisen könnte man ja ein bißchen. Und so machten sich Maxim und der Dämon auf den Weg. Sie reisten ans andere Ende der Welt, sahen dort … und dort sahen sie richtige Indianer: sie leben rund ums Jahr in Campingzelten und arbeiten nicht. Sie waren in Mainz, wo der Main in den Rhein mündet, sahen eine Feuersbrunst und wie ein Mensch aus dem Fenster in ein Laken sprang. Sie waren in Golstinia, sie waren in Pannonien, wo sie nichts besonderes gesehen haben. Sie waren in Irland, sie sahen einen Mann mit Bart und Brüsten bis zum Nabel. In Amsterdam sahen sie ein Geschäft, wo es allein achtzig Sorten Flaschenbier gab, die Dosenbiersorten gar nicht mitgezählt. Sie waren in Sawatthi und Jettawan, sie sahen, wie ein Elektrizitätswerk zusammenbrach. Sie waren in Marokko, dort sind fast alle Mohren, und es gibt auch Leute, die sind in Laken gehüllt. Sie waren auf den Sandwich-Inseln, da sahen sie einen Fisch, der war so grün, daß man allein vom Hinsehen brechen mußte. Sie waren in Orechowo-Sujewo, da gab es eine lange Schlange an der Bierbude. Ein Mann, der seinen Platz in der Schlange nicht verlieren wollte, pinkelte mehrmals an Ort und Stelle. Dieser Mann gefiel Maxim von allen auf der ganzen Reise am besten, darum beschloß er ihn mitzunehmen. Das war Fjodor.

Pjotr Ach so! Und ich dachte, du endest damit, daß eben Fjodor Mephistopheles ist.

Wassili Dann waren sie noch im ionischen Priene, dort sahen sie das Denkmal für Bias mit der Aufschrift: »Auf den ruhmreichen Feldern der Erde Prienes geboren, ruht hier, unter dieser Grabplatte der lichte Ionier – Bias«. Die Aufschrift war allerdings in Altgriechisch, und Maxim konnte sie nicht lesen. Da bedauerte er zum ersten Mal, nicht klug zu sein. Sie waren in Theben, sie sahen einen weisen Mann, der auf die Frage, was ihn die Philosophie gelehrt habe, antwortete: »Bohnen essen und keine Sorgen kennen.« Maxim verstand nicht, na ja, und da bekam er wieder Lust, klug zu werden. Und er sagt zum Teufel: Ich möchte klug werden. Darauf hatte der Teufel nur gewartet. Und wusch – Maxim war klug wie … zwei Platons. Lange saß Maxim da, klug, wie er war, und sagte nichts. Er wollte schon den Mund aufmachen, um etwas zu sagen, aber dann machte er ihn wieder zu. *Pjotr schenkt ungeduldig ein.*

Wassili Und sein Verstand war so groß, daß er selbst seine Unzulänglichkeit begreifen konnte. Denn Verstand allein – was hat man davon? Gerade mal Philosoph werden oder Mathematiker oder ein Führer des Volkes. Und dann?

Pjotr Wie, und dann?

Wassili Du hast doch selbst gesagt – alle sind an der Selbstverständlichkeit der Vernunft verrückt geworden, oder?

Pjotr *(ärgerlich)* Ich sehe, worauf du abzielst ... Wenn du alter Westler nicht betrunken wärst, würdest du dich erinnern, daß Mephistopheles Faust eben damit versucht hat:
Verachte nur Vernunft und Wissenschaft,
Des Menschen allerhöchste Kraft ...
So hab ich dich schon unbedingt –

Wassili Ich erzähl dir noch was. Ich war mal auf einer Dostojewski-Konferenz – sehr interessant, toll, alle Vortragenden Lotman- oder Bachtin-Schüler. Die Vorträge waren zu Ende, die Diskussionen fingen an ... Irgendein kleiner Alter meldet sich zu Wort, er zittert regelrecht vor Aufregung. Er war absolut nicht vorbereitet auf seinen Auftritt, druckreif konnte der weiß Gott nicht reden; er liebt einfach Dostojewski. Dieser Alte ist froh und aufgeregt, daß er so viele kluge Vorträge hören durfte, na, und jetzt will er sich bedanken bei diesen klugen Leuten, so, wie er es eben kann, aber er redet unzusammenhängend, ist sehr aufgeregt. Und da fangen all diese weisen Leute, die Dostojewski auswendig hersagen können (bedenke – Dostojewski!) zu wiehern an! Nach dem Motto: Was hast du Trottel hier verloren? Na? Da hast du ihren Verstand. Was hierzu wohl Fjodor Michailowitsch gesagt hätte? *Pjotr schenkt ein.*

Wassili Diese Vortragenden waren sehr klug, wirklich furchtbar klug! Aber ist nicht Verstand allein unzulänglich?

Wie dem auch sei, auch Maxim spürte das. He, du hast mir Wermut in den Wodka gegossen! Aber was sollte Maxim tun? Worum noch bitten? Er wollte schon winseln vor Verzweiflung, wozu sich mit Kleinkram abgeben, wo doch der Pfad Gottes nicht mehr zugänglich war – mach mich zum Antichristen. Der Dämon zu ihm: Unmöglich, unmöglich, zu viele Bewerber – dabei ist er froh und denkt, die Sache ist geritzt.

Da kam Maxim zu sich, schüttelte den Kopf, er faßte sich, wenn auch nicht ganz. Na dann, sagt er, möchte ich den Segen Gottes.

Der Dämon glotzte ihn nur mit großen Augen an. Maxim faßte sich, schämte sich ein bißchen, lächelte bitter. Wie konnte er gegen den Dämon kämpfen? Gott verzeiht ja alles …

Shitoi *(kommt herein)* Mensch, die haben den Wermut schon aufgemacht! Samoilow, auf geht's! *Shitoi schenkt ein. Samoilow stimmt mit weisem Gesichtsausdruck die Gitarre.*

Pjotr Uns auch einen.

Shitoi Mach ich doch, piß mich nicht an! *Schenkt ein.*

Motin, willst du bis morgen früh durchschlafen?

Wassili Soll er doch schlafen, er hat wirklich einen miesen Job.

Pjotr *(zu Wassili)* Und wie ging das Ganze aus?

Wassili *(nach einer Pause)* Ach, laß man … weiß ich irgendwie auch nicht. Na ja, Maxim hat gesiegt, klug ist er allerdings nicht geworden, und den Rückweg von Japan mußten sie auf eigene Faust bewältigen.

Shitoi Wen hat er besiegt?

Wassili Ach nichts, ich wollte nur …

Pjotr *(streng)* Und was hat Kobot damit zu tun? Und die Arbeit?

Wassili Gar nichts, beruhig dich.

Pjotr Und erinnerst du dich, wie Maxim gesagt hat: Willst du auch noch eine draufhaben? Und du immer mit deinem Teufel … So ein Ammenmärchen kann man am wenigsten mit Maxim in Verbindung bringen. Du bist ja schon betrunken, das seh ich doch!

Shitoi Richtig schön einen gehoben haben wir! *Samoilow spielt mit konzentriertem Gesichtsausdruck Fragmente verschiedener Melodien. Er spielt sehr schnell und zittert ein wenig.*

Samoilow *(schlägt sich aufs Knie)* Ach, Ljoschka, schenk noch einen ein, auf geht's!

Shitoi Ach was! Was soll's! Auf geht's! *Schenkt ein.*

Samoilow Macht doch, was ihr wollt, ich spiel weiter. Ich mag Lieder. *Kleine Pause.*

Wassili Geschwätz erstarb. Ich trat auf die Bühne.
Am Türpfosten lehnend

Versuche ich, dem fernen Echo zu entlocken,
Was meiner Zeit geschehen wird.

Samoilow *(stimmt ein)*
Und in dem Moment –
Standen drei Karaffen auf dem Tisch.
Die eine mit Karbolwasser.
Die zweite mit Schuhwichslikör.
Die dritte aber war ganz leer!
Verwirrung, Gelächter.

Shitoi Hinter einem Felsenriffe
In des weiten Stromes Wogen
Kommen Stenka Rasins Schiffe
bunt bemalt hervorgeflogen.

Samoilow und **Shitoi** *(im Chor)*
Standen drei Karaffen auf dem Tisch.
Die eine mit Karbolwasser.
Die zweite mit Schuhwichslikör.
Die dritte aber war ganz leer!
Allgemeines Gelächter.

Pjotr *(mit einem hämischen Grinsen)*
Nach halber Fahrt durch unser Erdenleben
Fand ich in einem Wald mich, irrgegangen,
Weil ich des rechten Wegs nicht achtgegeben.

Alle *(im Chor, jubilierend)*
Standen drei Karaffen auf dem Tisch.
Die eine mit Karbolwasser.
Die zweite mit Schuhwichslikör.
Die dritte aber war ganz leer!

Fahren wir nach Zarskoje Selo?

Eines Abends sagte Wassili mit einem Glas Bier in der Hand:

»Wann immer ich in Puschkin war, jedesmal gab es in der Bierbude Krebse.«

»Für wieviel?« fragte Pjotr.

»Elf Kopeken das Stück.«

»Große?«

»Ne, eigentlich kleine ... aber das ist nicht der Punkt, hast du irgendwann mal gesehen, daß es in einer Bierbude Krebse hatte?«

»Doch«, antwortete Pjotr bockig.

»Und wo ist das – Puschkin?« fragte Fjodor, der mit dem Fingernagel den Kronkorken abpulte.

»Wie, wo? Warst du da etwa noch nie? Nicht weit von Leningrad, zwanzig Minuten mit dem Vorortzug.«

»Also dann, fahren wir?« erkundigte sich Fjodor bei Maxim, der sich im Sessel rekelte wie Menschikow auf dem Gemälde von Surikow. Maxim hüllte sich in Schweigen.

»Wann, jetzt etwa?« fragte Pjotr.

»Und wann?«

»Am besten vormittags, am Wochenende; da kann man in den Park.«

»Fahren wir am Wochenende.«

»Steckt euch euer Puschkin in den Arsch«, unterbrach Maxim das Gespräch, »Grünschnäbel ihr, wohl noch nie Krebse gesehen ...«

Er stand auf, trank im Stehen sein Bier aus, ging zum Klappbett, zog die Schuhe aus und legte sich hin. Ein Geräusch ertönte, als ob, sagen wir, zwei Garnisonen Husaren die Säbel kreuzten.

»Warum sollten wir nicht hinfahren?« sagte Fjodor.

»Welcher Trottel schleppt sich da schon hin ...«, erklärte Maxim nach einer langen Pause, als niemand mehr eine Antwort erwartete.

Tatsächlich, es war schwer, sich Maxim und Fjodor außerhalb ihrer Wohnung oder nächsten Umgebung vorzustellen, andererseits, unfaßbar, in Japan sind sie gewesen ...

»Wieso, vielleicht fahren wir am Samstag?« ließ Fjodor nicht locker.

»Ach, leck mich doch am Arsch, Dunkelfresser«, erklärte Maxim.

»Wieso Dunkelfresser?« wunderte sich Pjotr.

»Weil, wenn man nachts zum Pissen raus muß, dann sitzt der nackt in der dunklen Küche und mampft irgendwas aus dem Kochtopf.«

Alle lachten und Fjodor besonders herzlich:

»Weil ich 'n Kater hab! Na klar, weil ich 'n Kater hab! Und Kobot hat immer Suppe in seinem Kochtopf!«

Man schenkte sich Bier ein.

»Pjotr, gib mal die Flasche rüber«, rief Maxim, mit dem Gesicht zur Wand.

Pjotr reichte ihm die Bierflasche; Maxim wälzte sich ächzend herum wie ein Kranker und begann zu trinken.

»Na schön«, sagte er und wischte sich den Schaum von den Lippen, »heute ist Montag? Am Samstag fahren wir, das ist aber jetzt ausgemacht.«

»Na bitte, was hab ich gesagt? Ich hab's doch gesagt!«

sagte Fjodor und breitete die Arme aus, vielversprechend lächelnd.

Am nächsten Tag kamen die Schüler direkt von der Arbeit zu Maxim und Fjodor, um alles ausführlich zu besprechen, sich vorzubereiten und alles genau festzulegen. Pjotr mußte eigentlich am Samstag arbeiten, aber er konnte einen freien Tag rausschlagen, obwohl das für ihn gar nicht anstand. Daher mußte er darum betteln und alles mögliche versprechen. Besonders schwierig war es zu erklären, wozu er einen freien Tag brauchte. Er konnte ja nicht direkt sagen, daß er verabredet war, um nach Puschkin zu fahren – sie hätten ihn nicht gelassen! Fahr doch am Sonntag, hätten sie gesagt. Bei Wassili ging anscheinend alles klar, obwohl seine Arbeit an sich unberechenbar war; sie konnten ihn praktisch jederzeit irgendwohin abkommandieren, allerdings immer nur für einen Tag.

Sie saßen etwa drei Stunden zusammen und tranken fast nichts; sie rechneten, wieviel Geld man brauchte, überlegten, wann man losfahren und was man mitnehmen müßte. Für alle überraschend zeigte sich Fjodor sehr besorgt und quasselte immerzu: »Den Mantel nicht vergessen, und die Wattejacke mitnehmen.« Er wollte, daß alles sorgfältig geplant würde, und lief geschäftig hin und her. Normalerweise kümmerte er sich um gar nichts – ob Geld genug da war, die Miete bezahlt, was zu essen im Haus –, das war ihm alles wurscht, in den Klamotten, in denen er schlief (er schlief gewöhnlich angezogen), lief er auch überall herum. Und nun war er wie ausgewechselt. Die Fahrt nach Puschkin erschien ihm als eine ganz außerordentliche, ungeheure Angelegenheit, die man auf gar keinen Fall sich selbst überlassen durfte. Auch Maxim benahm sich ungewöhnlich – keinerlei Äußerungen wie »steckt's euch in den Arsch« oder ähnliches, er registrierte alles mit großer Aufmerksamkeit und erlaubte Fjodor sogar, seine Wattejacke mitzunehmen. Es war deutlich, daß Fjodor und er bereits lange miteinander geredet hatten, bevor die Schüler auftauchten.

Schließlich wurde entschieden: Wein und Lebensmittel sollten am nächsten Tag gekauft werden, am Mittwoch. Das notwendige Geld würde Pjotr beschaffen; er sollte in der Mittagspause seine Kunstbände verkaufen, das Geld sofort Maxim übergeben, der sich seinerseits erbot, die Einkäufe zu tätigen. Damit trennten sie sich.

Noch nicht langweilig? Mit dem Verkauf der Bücher hatten sie kein Glück, Pjotr konnte nur die Hälfte loswerden, und das Geld war eindeutig zuwenig. Zu allem Überfluß rief Wassili morgens Pjotr an und sagte, daß man ihn zur Bohrstelle abkommandiert habe, und zwar heute, für einen Tag, er komme am Donnerstagabend zurück, im Extremfall Freitag morgen.

Maxim war von diesen Nachrichten schwer erschüttert, obwohl ja klar war, daß das alles gar nicht schlimm war – Wassili würde Freitag zurückkommen, und Pjotr würde das Geld morgen beschaffen.

»Darum geht es nicht«, winkte Maxim resigniert ab, »Fjodor wird sich nur schrecklich aufregen, und überhaupt … die ganze Nerverei.«

Nach einer Pause rief Wassili wieder an und sagte, er würde besser nirgendwohin fahren und einen Freund bitten zu fahren. Abends ging Pjotr natürlich zu Maxim, um ihn zu beruhigen.

Die Lage dort war ziemlich angespannt. Das einzige, was die Seele erfreuen konnte, waren Fjodors Wattejacke und Mantel, die akkurat zusammengefaltet in einer Ecke lagen. Maxim hatte auch nach mehrmaligem Abklappern der Geschäfte keinen Portwein auftreiben können, war deswegen extrem schlechter Laune und hatte schließlich fürs erste zwei Flaschen Wodka gekauft, von denen Fjodor und er sich dann eine zur Beruhigung hinter die Binde gekippt hatten. Ihnen deshalb einen Vorwurf zu machen war nicht ratsam – es war klar, daß Maxim sich ohnehin am meisten aufregte.

Pjotr schlug vor, drauf zu pfeifen und es zu vergessen, das heißt nicht in dem Sinne, überhaupt nicht nach Puschkin zu fahren, auf den Gedanken kam keiner von ihnen, sondern in dem Sinne, auf den mißlungenen heutigen Tag zu pfeifen und morgen ganz von vorn anzufangen, und bestimmt würde es diesmal klappen: Pjotr würde die Bücher mitnehmen, die er mit Sicherheit los würde, Maxim würde suchen bis zum Umfallen, bis er das Richtige fände – denn so schwer war das nicht, er hatte nur heute zufälligerweise kein Glück gehabt.

Nachdem sie diesen festen Beschluß gefaßt hatten, beruhigten sie sich und tranken froh die zweite Flasche Wodka.

Morgens rief Wassili wieder an und sagte beleidigt, daß er seinen Freund, diesen Schuft, nicht habe überreden können und er sich selbst umgehend auf den Weg machen müsse, daß er aber am Freitag morgen wieder zur Stelle sei wie eine Eins. Na ja, eigentlich war das nicht so schlimm.

Schlechter sah es aus mit dem Verkauf der Bücher. Der

»Bouquinist« war an diesem Tag wegen Inventur geschlossen.
»Himmel, Arsch!« schrie Maxim. »Du Knalltüte, tagelang hängst du in diesem Geschäft rum, und dann weißt du nicht, wann es geöffnet hat?«
Wie konnte er das erklären? Pjotr rief auf der Arbeit an, behauptete, er müsse dringend seinen Paß ändern lassen, und fuhr mit Maxim zu einem anderen Buchladen.
Der Laden war rappelvoll. Maxim kam beinahe um in dem stickig heißen Raum, seufzte schwer, lief hierhin und dorthin, stritt sich im Hofeingang mit einem Spekulanten herum. Und war die ganze Zeit wegen irgendwas unzufrieden.
Ich verkaufe meine eigenen Bücher, die ich eigentlich dringend brauche, und er mault noch; gestern hat er alles vertrunken, und er mault immer noch! Nie kann man es ihm recht machen! dachte Pjotr, und um sich endgültig den Rest zu geben, sah er die Bücher durch, die er zum Verkaufen mitgebracht hatte.
Schließlich war der Verkauf getätigt, sie traten hinaus in die Hitze.
»Was will Fjodor da eigentlich mit einer Wattejacke?« fragte Pjotr.
»Zum Kuckuck mit ihm, soll er sich doch mit seiner Jacke abschleppen, wenn er wenigstens den Mantel daläßt.«
»Wo denkst du hin, der hängt sich eher auf. Hör mal, Maxim, sprechen wir ab, wie's weitergeht. Heute abend komme ich nicht ...«
»Und wieso das nicht?«
»Na ja, weil ich zur Arbeit muß! Ich bin schon von der Mittagspause zwei Stunden zu spät dran, ich muß heute abend nacharbeiten!«

»Brüll nicht rum wie ein Irrer!«
»Also … jedenfalls morgen, also am Freitag, komme ich gleich nach der Arbeit vorbei, Wassili kommt auch, und Samstag, also gleich in der Früh …«
»Na, dann sieh zu!« sagte Maxim drohend, drehte sich abrupt um und ging hinkend seines Wegs.

Am Freitag morgen rief Wassili von außerhalb Pjotr an und erklärte, daß er bis zum Hals in der Scheiße stecke, daß er alle antreibe, aber niemand auch nur einen Finger rühren wolle, kurzum, er komme erst am Freitag spätabends zurück oder im Extremfall in der Nacht. Pjotr fing im Beisein der Kollegen obszön zu fluchen an; so sehr hatte sich seine Unruhe innerhalb eines Tages gesteigert, wegen Wassili und auch wegen Maxim, von dem man nicht wußte, ob er wenigstens irgendwas gekauft hatte.
Sie verabredeten, daß Wassili abends von dort wegfahren würde, auf Biegen oder Brechen, und wenn er dort nicht alles schaffte, sollte er eben den Krempel einfach hinschmeißen, auch wenn man ihn dafür feuern würde.
Wassili wollte gerade vorsichtig andeuten, daß man ja auch am Sonntag nach Puschkin fahren könnte, aber da heulte Pjotr geradezu auf und verkündete, jetzt werde er Wassili auf jeden Fall die Fresse polieren.
Wassili hörte gar nicht zu und brüllte, daß Pjotr an seiner Stelle Hand an sich legen würde, daß er hier aus dem letzten Loch pfeife und alles tue, um rechtzeitig wieder in Leningrad sein zu können, und ihr Arschlöcher sitzt da rum … Pjotr knallte den Hörer auf.
Pjotr war noch nicht der Schweiß getrocknet, da klingelte es wieder. Lenotschka, Wassilis Frau, rief an (denn

Wassili war verheiratet, ist das nicht merkwürdig?) und fragte, wo Wassja sei.
»Wie, wo? Na da, auf seiner bescheuerten Bohrstelle!«
»Was? Ach so. Entschuldige, ich bin in Eile, jedenfalls, wenn du ihn vor mir sehen solltest, dann richte ihm aus, daß er auf der Stelle – kapiert? – auf der Stelle herkommt.«
Tuten im Telefonhörer.
Pjotr sprang auf, rannte zur »Kasse für gegenseitige Hilfe« und lieh sich dort einen Zehner, um seine Panik zu bekämpfen, und um wenigstens irgend etwas für die gemeinsame Sache zu tun, kaufte er wie ein Idiot drei Flaschen trockenen Wein (Portwein gab es nicht).

Abends war alles gut. Pjotr, Maxim und Fjodor saßen am Tisch und tranken wie vornehme Leute eine Flasche trockenen Wein.
Eine Tasche mit Portwein, zwei Flaschen trockenem Wein und Wurst stand, sorgfältig verschlossen, an der Tür.
Aber, Herrgott, wie war der nächste Morgen! Natürlich regnerisch. Pjotr sprang alle paar Minuten auf und wollte in den Hof rennen, um Wassili abzupassen, aber Maxim drückte ihn mit Gewalt zurück auf den Stuhl:
»Damit du auch noch von der Bildfläche verschwindest?!«
Fjodor, der offensichtlich nachts überhaupt nicht geschlafen hatte, saß am Fenster, als wartete er auf seine Verhaftung – gekrümmt, bei jedem Geräusch zusammenzuckend. Maxim starrte, die Arme vor der Brust verschränkt, auf das Zifferblatt der Uhr, die eigens gestern bei Kobot ausgeliehen worden war.

Grausam und unmenschlich tickte die Uhr.
Endlich ertönte doch noch die Türklingel, aber die vorausgegangenen Qualen waren auch damit nicht wieder gutzumachen.
Wassili kam in die Wohnung gehetzt, als werde er verfolgt.
»Schluß! Fahren wir!« rief Maxim sofort.
Alle rannten im Zimmer hin und her. Fjodor zog hastig wie ein Soldat bei der Mobilmachung seine Wattejacke an.
»Halt! Wir müssen uns kurz setzen, bevor wir aufbrechen«, fiel Pjotr immerhin noch ein.
Jeder setzte sich irgendwohin. Wassili wischte sich seelig lächelnd den Schweiß ab. War er nicht ein Schuft?
»Na dann, gehen wir.«
Manierlich stiegen sie die Treppe hinunter, durchquerten den Hof, winkten der Schlange vor der Bierbude zu (muß noch erwähnt werden, daß die ganze Schlange seit Dienstag über die Fahrt nach Puschkin Bescheid wußte?).
Sie warteten auf den Bus, irgendwie ohne ungeduldig zu werden. Der Bus setzte sich abrupt in Bewegung, alle purzelten mit fröhlichem Gelächter übereinander. Pjotr hielt allerdings vorsichtig die Tasche an seine Brust gedrückt.
»Halt!« schrien sie hinten auf einmal wie am Spieß – irgend jemand rannte stolpernd und weinend dem Bus hinterher. Das war Fjodor, der es nicht geschafft hatte einzusteigen.

Nein, es gibt trotz allem Menschen, die fähig sind, allen Schicksalsschlägen standzuhalten wie eine Steinbrücke bei Eisgang.

Wahrscheinlich gehörte mein Maxim auch dazu, wenn er auch versuchte, sich mit dem Busfahrer zu prügeln, so daß der vor Wut an der nächsten Haltestelle die Tür nicht aufmachte, gleichzeitig kriegte auch Wassili was ab, der auf seiner idiotischen Annahme beharrte, daß Fjodor auf die Idee gekommen sei hinterherzufahren und man also auf den nächsten Bus warten solle.
Wer aber war imstande, gleich das nächste Taxi anzuhalten, ohne in diesen Dingen die geringste Erfahrung zu besitzen? Nur Maxim. Wie Herakles den Wagen irgendeiner Königin kurz vor dem Abgrund angehalten hat.
Und wer war imstande, Fjodor zu finden, der mit dem Geschick eines Untergrundkämpfers (Fjodor hatte seine Berufung verfehlt!) zwischen der Bushaltestelle und einem Haus untergetaucht war?
Nein, Maxim war wirklich klasse.

Etwa zwei Stunden später marschierten sie schon durch die Hallen des Witebsker Bahnhofs. Ein zusammengeschweißtes Grüppchen, Schulter an Schulter, Hand in Hand, sich alle Nase lang umblickend und nachzählend, ob noch alle da waren, bestiegen sie den Vorortzug. Wie Kartoffelsäcke ließen sie sich auf eine Sitzbank plumpsen. Zu reden hatten sie keine Lust.
Der Vorortzug summte, setzte sich in Bewegung, Fjodor drückte sein Gesicht an die Scheibe, und sein Blick schweifte mehr als kindlich aufgeregt hierhin und dorthin. Alle lächelten und sahen ebenfalls aus dem Fenster.
»Tja, wie wär's mit einem trockenen Weinchen aus gegebenem Anlaß?« fragte Pjotr.
»In Ordnung«, sagte Maxim nach kurzem Zögern. »Ein trockenes Weinchen ist wohl drin, so, wie die Dinge lie-

gen. Ich hätte nicht gedacht, daß wir's hinkriegen. Schwein gehabt, echtes Schwein gehabt.«
»Was kriegen wir nicht hin?« erkundigte sich Pjotr.
»Nach Puschkin zu fahren.«
»Wieso denn nicht? Komisch ist nur, daß wir so einen Aufstand gemacht haben.«
»Du Lulatsch, semipelagianistischer. Hast du überhaupt mal was hingekriegt?«
Sie holten eine Flasche Trockenen hervor, nur hatte keiner ein Messer dabei. Dermaßen ungewohnt war es, trockenen Wein zu trinken, daß niemand, nicht einmal Fjodor, besonders viel Erfahrung im Öffnen solcher Flaschen hatte – mit Korken.
»He, Kumpel, hast du einen Korkenzieher?« wandte sich Wassili an einen Mann, der nicht weit entfernt saß. Der schüttelte den Kopf.
»Irgendein Messer vielleicht?«
Der Bürger zog nach kurzem Zögern ein schmales Messer hervor, das aussah wie eine Ahle.
Wassili machte sich damit vertraut und begann den Korken mal hineinzudrücken, mal herauszupopeln, aber es wollte nicht klappen.
»Ich muß die nächste raus«, sagte der Bürger.
»Mach keinen Wind, kommst schon noch raus«, erwiderte Maxim nicht unfreundlich und zog spöttisch und weise die Rotze hoch. Offensichtlich hatte er sich entspannt und war zu sich gekommen.
Wassili beeilte sich und begann mit dem Messer auf den Korken einzuschlagen, ungefähr so, wie man Kartoffeln zu Püree verarbeitet. Plötzlich schlug er daneben und stach sich das Messer ins Handgelenk. Eine Blutfontäne spritzte auf den staubigen Boden.

»Die Vene«, konstatierte Wassili betrübt. Die umsitzenden Bürger gerieten in Aufregung und guckten sich das Ganze angewidert an, einige wechselten die Plätze.
»Sie müssen sofort zu einer Erste-Hilfe-Station!« schrie der Kerl, der ihm das Messer gegeben hatte. »Gehen wir, was sitzen Sie da noch herum?«
In der Tat, der Vorortzug stand an einer Bahnstation. Er stand und stand, bis endlich die Durchsage kam:
»Genossen, verlassen Sie bitte die Wagen. Dieser Zug endet hier.«

Als sie in Puschkin ausstiegen, gab es bereits keine frischen Blutflecken mehr im Taschentuch.
Der Himmel hing voller Regenwolken, es tröpfelte.
»Fjodor, du hast deine Wattejacke nicht umsonst mitgenommen!« lachte Pjotr.
»Gehen wir auch in den Park?« fragte Fjodor, sich umblickend.
»Natürlich«, antwortete Maxim.
Alle lächelten.

Katzenjammer

Pjotr öffnete die Augen mit einem Gefühl, als risse eine Wunde wieder auf, die sich gerade erst ein wenig geschlossen hatte.

»Gehst du zur Arbeit?« wiederholte Maxim seine Frage.

»Nein«, antwortete Pjotr und zog sich den Mantel über den Kopf.

Unter dem Mantel ist es stickig, gemütlich, es riecht nach Machorka, es dreht sich irgendwie. In der Faust scheinen kleine Wesen zu sitzen und irgendwohin und wieder zurück zu krabbeln. Ganz ganz schnell krabbeln sie, und dann krabbelt irgendwas Großes vorbei, groß wie ein Schwein. Merkwürdig, woher diese Unausgewogenheit – daß der Mund brennt und ausgetrocknet ist und die Beine im Gegenteil sehr kalt sind? Vielleicht, weil der Kopf wichtiger ist? Oder kürzer? Oder …

»Ein Bier?« fragte Maxim.

»Nein.«

Mehrere Männchen zugleich krabbelten in die Faust. Nein, bloß nicht zur Arbeit. Oder … Aha, der redet von Bier, ob ich ein Bier will, aha!

Mit einem Ruck warf er den Mantel ab und setzte sich auf.

»Ich hab dir eingegossen«, sagte Maxim, »na los, damit's wegkommt.«

Der Morgen war rauchig, aber nicht im Sinne von vollgeraucht, nein. Die frühen, schrägen Strahlen spielen auf

den Flaschen wie in einem Aquarium, und alles Weiße erscheint perlmuttern, rauchig. Und ist es nicht wunderbar – es gibt noch einen Morgen. Perlmutter Perle mutlos. Nicht Bier, Kaffee ist angesagt, und gehen, staunen.
Pjotr erhob sich, nahm die Wattejacke vom Boden auf, wußte nicht, wo er sie hinlegen sollte, und ließ sie wieder fallen, da er nicht die Kraft hatte, über diese Frage nachzudenken.
Er nahm ein Glas, seine Zähne schlugen daran.
In jedem Moment passierte sehr viel, seine Empfindungen waren über die Maßen geschärft. Indem er sich mit der Wattejacke befaßt hatte, war er im Begriff gewesen, seine weiß der Kuckuck wohin führende Linie durchzusetzen – er schaffte es nicht, war gleich erschöpft und ließ es sein. Und das Biertrinken ging er ebenso an – er legte alle seine Erwartungen hinein, blickte mit einem Stöhnen in eine tiefe Trübe, führte es an die Lippen, drückte einen heißen Kuß darauf. Das Bier erschien ihm sehr kompakt und irgendwie nicht einmal flüssig, das Trinken ermüdete ihn sofort.
»In dem Einmachglas da ist Wasser«, sagte Maxim.
Pjotr schwankte hierhin und dorthin, trank etwas Wasser.
»Hör mal, Maxim, ich muß, glaube ich, zum Stadtwehrkommando, eine Wehrpflichtbescheinigung … eine Wehrscheinigung …
»Dann mach dich auf die Socken.«
Pjotr drehte sich auf dem Absatz um und schleppte sich auf die Straße.

Nach etwa zweihundert Metern blieb er stehen und betrachtete den Himmel. Das Leben war offenbar eine Pleite. Kaputt. Futsch. Tote Hose. Pjotr mußte lachen –

unverständlich, warum mit solchem Genuß, so spielerisch, und überhaupt, woher kam ihm jetzt so ein Gedanke?
Traurig und leicht. Vielleicht einen Kaffee trinken? Nein, hier gab es nur ein Gesöff aus einem Tank für zweiundzwanzig Kopeken. Irgendwas im Magen wäre übrigens gut. Oder nach Hause? Nach Hause.

Wie glücklich sind die ersten halben Stunden zu Hause – man sitzt da, ißt allein, liest irgendwas, und mag es auch die »Literaturnaja gaseta« sein. Nichts geschieht, man nimmt nichts auf. Der Preis für die Abwesenheit einer halben Stunde Leben – das ist lächerlich wenig, nicht mehr als ein Rubel – ist doch nicht schlecht?
Pjotr deckte das schmutzige Geschirr mit einem Tuch zu, das ihm gerade unter die Finger kam, legte sich aufs Sofa. Er betrachtete die Bücher, rauchte. Stand auf, schlich herum. Schaltete das Tonbandgerät ein, und obwohl er es sofort wieder abstellte, hatte der nervöse Ellington schon alles versaut.
Pjotr kam zum zweiten Mal an diesem Morgen zu sich, und, ehe er sich's versah, krabbelten schon wieder diese Männchen in seine Faust. Man mußte den Tag neu beginnen. Oder schlafen gehen.
Diese unerträgliche, hektische Sorge um das Schicksal des Tages! – irgend etwas muß man doch tun, wenigstens einen anständigen Kaffee trinken, wenigstens irgendwas. Man muß diese Schwäche beenden und fürs erste einmal in Ruhe, ohne Eile, endlich Baudelaires »Reise« lesen – noch nie im Leben, bei Gott, hat sich dafür eine freie Minute gefunden. Und wenn nicht jetzt, dann findet sie sich nie, eben wegen dieser Schwäche.

Dem Kind und Knaben, Freund der Stiche und Atlanten,
Genügt die Schöpfung kaum für seinen weiten Traum.
Denn ach! die Welt war groß, wenn nachts die Lampen brannten!
In der Erinnrung Licht, wie ist so klein der Raum!

Wir reisen eines Tags, den Geist voll trunkner Gluten,
Das Herz von Gram erfüllt, von bittrer Sehnsucht schwer …

Bei den ersten Zeilen fühlte Pjotr, das war es, diese Zeilen würde er auswendig können, und sie würden ihn retten im Autobusgerüttel und beim grauenhaften Kunsttageslicht auf der Arbeit; indes, er hatte noch nicht ganz die Hälfte gelesen, da legte er schon ein Streichholz zwischen die Seiten und steckte das Buch in seine Aktentasche – es war nicht das, was er brauchte! Wunderbare Verse, doch schnell, schnell, er durfte die Zeit nicht mit Gedichten vergeuden. Was aber tun?
Der Staub ballte sich langsam vor dem Hintergrund des Fensters zusammen. Es war, als blicke man durchs Fenster und sähe die Tauben, die Zäune – wie einen wunderbaren, lang erwarteten Film.
In die Eremitage? In die Eremitage …
Pjotr verzog benommen das Gesicht zu einem Grinsen – war es lange her, daß er in der Eremitage gewesen war, war es lange her, daß er, vor seinem Lieblingsporträt stehend, den Widerstreit zwischen Enthusiasmus und Langeweile vernommen hatte? Dem Porträt des Jeremias Dekker. Die Langeweile sagte: »Oh! Wie mir das zum Hals raushängt! Lauter immer wieder überarbeitetes Material – wie lange kann man das noch durchkauen?«

Der Enthusiasmus sagte zu seiner Gattin: »Laß mich wenigstens für eine Stunde in Ruhe. Dräng mir dein verdammtes Neues nicht ständig auf, ich bin immer noch am Leben!«
Nein, die Eremitage verlangt Einverständnis mit sich selbst. Und alles andere? Wie fade ist dieses Vorgefühl eines besseren Schicksals! Ist es denn möglich, daß der Mensch für ein Leben geboren wird, in dem man ernst und feierlich sein möchte, dies aber niemals, nicht für eine Minute erreichen kann, mag es auch gleich nebenan locken und einem eine Nase drehen!
Oder bin nur ich so? Oder kann ich allein niemanden lieben?

Genau wie kürzlich erst schleppte sich Pjotr buchstäblich auf die Straße, in ein nostalgisches und fruchtloses Vergessen. Er setzte sich auf eine Bank, steckte die Hand in die Tasche und versenkte sie in Tabakkrümel, die sich dort angesammelt hatten. Es war, als stecke man die Hand in warmen Sand, nein, in warmes Meerwasser, wenn man noch ein bißchen benommen ist vom Baden.
Und der Sand? Feuchter Sand, der langsam zu Türmen erstarrt, schreckliche Türme wie bei Antonio Gaudi. Weit, weit weg. Und eine ebensolche kleiner werdende Sonne.
Pjotr schöpfte eine Handvoll Tabak und schüttelte die Hand aus. Ein Fächer braunen Staubs, wie damals aus dem Fenster.
Die Tauben erhoben sich in die Luft, ließen sich aber sogleich wieder herab, da sie meinten, man habe ihnen etwas zu essen hingeworfen. Kusch, ihr Tauben, kusch!
Obwohl, wieso eigentlich kusch? Was für ein Wort –

kusch ... Ah! Kusch-kusch – das sagte ... diese ... als er sich an sie heranmachte, um sie zu küssen.
Übrigens, genau das muß man tun! Wenigstens wen anrufen, sagen wir, Lisaweta, und mit ihr losziehen, in irgendeine Kneipe! Warum nicht? Traurig und leicht. Aber leider trinke ich nicht. Niemals.
Ja, und Lisaweta, die liebe ...
Ganz richtig hat Wassili gesagt: Der Teufel kann Erinnerungen an Momente, in denen wir Böses tun, zu angenehmen machen. Zu traurigen und leichten. Das ist richtig, richtig, besser, ich quäle mich allein herum, als ... Andererseits, wieso böse? Wieso Sünde? Denn Vivekananda hat ganz richtig gesagt, daß die Sünde eben darin besteht, daß man sich selbst oder einen andern als jemanden sieht, der sündigt. Was würde Wassili dazu sagen, dieser Dualist? Nein, nein, er hat recht ... Dieser hat recht, und jener hat recht. Und alle übrigen. Hast du alles ausprobiert? Genug, genug! Besser, es wird einem übel, als daß man sich in einen Degustator verwandelt!

Pjotr lief immer schneller und schneller, hin und wieder besorgte Blicke auf die Kinoplakate werfend. Gebe Gott, daß es mich nicht noch dahin verschlägt!
Allerdings kosteten anderthalb Stunden Lebensvergessenheit vierzig Kopeken.
Billig. Je billiger das Vergnügen, desto stärker der Katzenjammer.
Wie vorteilhaft sich das Kino vom Leben abhebt! Da geht alles schnell, wenn es auch manchmal uninteressant ist, Hauptsache aber mit musikalischer Begleitung.
Was für eine Musik? Wohin gehe ich eigentlich? Ist es nicht vollkommen gleichgültig, was für eine Begleitung?

Mit Musik, Freiheit, Ruhe. Meinetwegen im Gefängnis. »Ich brauche keine Million, ich muß einen Gedanken fassen.« Aber wie soll das gehen, wenn man ihn nicht zu fassen kriegt, kaum hat man ihn in der Hand, ist er schon wie ein glitschiger gefangener Fisch – wusch – und wieder im Wasser.

»He, Kumpel, wart mal!« sprach ein zerlumpter Kerl Pjotr an.

»Was ist?«

»Renn doch nicht so. Gehst du zum Stadtwehrkommando?«

»Nein«, antwortete Pjotr verblüfft, der tatsächlich genau dorthin hätte müssen, wenn auch nicht in diesem Bezirk.

»Na dann. Ich dachte nur so. Gib mir elf Kopeken, wenigstens für einen kleinen.«

Pjotr gab ihm das Geld und lief noch schneller weiter, er wußte schon, wohin.

Der Abend rückte näher. Die Menschen kamen schon von der Arbeit und standen in den Schlangen – die einen in den Geschäften, die anderen direkt im Straßengedränge.

Pjotr stand gebeugt an einer Straßenbude und beobachtete die schnellen und nicht menschlichen Bewegungen der Heringe auf der Ladentheke, der Menschen und Autos. Alles, sogar die Heringe, machte einen so konzentrierten Eindruck, als habe es sich gerade von einer echten, richtigen Aufgabe losgerissen, um sich möglichst rasch einer anderen echten Aufgabe zuzuwenden.

Pjotr hatte Lust, irgendeinen von diesen Menschen an den Aufschlägen seines Jacketts zu packen und aus aller

Kraft zu schreien: Die Botschaft! Gib mir die Botschaft!

Gibt es nicht einen ähnlichen Satz bei Vonnegut? Es geht niemals ohne Reflexionen; Schienen der Unwegsamkeit. Das Leben scheint einfach unmöglich – doch sieh einer an – es geht weiter. Wir leben weiter. Da ist schon die Sonne zwischen den Häusern; die letzten, schrägen, dostojewskischen Strahlen.

Je weher es mir tut, desto besser. Warum? Warum muß mich das Gewissen, das ich vielleicht gar nicht besitze, Gott weiß wieso quälen?

Ist es einfach – recht hat Wassili! – das Gefühl der Ursünde, und fertig? Oder quälen dich bloß deine Sünden? Wassili kann wenigstens für seine Sünden beten, obwohl, was heißt das – beten? Man kann sie nur korrigieren; was allerdings auch wieder nicht geht.

Man kann im Gastronom einen Ablaßzettel kaufen. Für zwei Rubel zweiundvierzig. Oder für vier Rubel zwölf.

Offenbar gibt es für mich keine Gnade, nein. Aber ohne sie ist das Leben nur ein leeres Wort. Es ist wie im Kino – du brauchst nur das Fensterchen zuzuhängen, aus dem der Lichtstrahl kommt, und auf der Leinwand gibt es nichts mehr, nur noch Gerede. Nur noch Gerede. Nur im Lichtstrahl Gottes gibt es Leben. Um außerhalb dieses Lichtstrahls zu leben – was braucht es da für eine Anstrengung. Aber was soll's ... Wie sehr sich auch die Gestalt auf der Leinwand bei zugehängtem Fensterchen anstrengt – sie wird es kaum überleben.

Und wenn plötzlich doch? Und wenn doch, lieber Gott? Oh, was bin ich für ein Langweiler! Was tun, was tun ... wer soll ich sein, und wer ist schuld. Da, der Alte da geht

über die Straße, es fällt ihm doch schwer! Warum hilfst du ihm nicht?
Pjotr fuchtelte wie verrückt mit den Armen, spuckte aus und rannte voller Energie über die Straße. Er verlangsamte nicht einmal seinen Schritt, als er die Kneipentür aufstieß. Sie gab nicht nach.
Der Türsteher guckte wie ein Fisch.
»Laß mich rein, sag ich!« schrie Pjotr.

»Stell dir vor«, sagte Maxim, als er die Tür öffnete. »Fjodor ist krank.«
»Wie das, krank? Was hat er?« wunderte sich Pjotr.
»Was weiß ich ... Er ist irgendwie nie krank gewesen.«
»Was hat er denn, Fieber? Tut ihm was weh?«
»Doch, Fieber hat er, meint Kobot. Er sagt nichts, wir haben Karten gespielt, und er, seh ich, kann nicht, hängt durch.«
Pjotr ging rasch durch den Flur ins Zimmer, möglichst unauffällig, und setzte sich neben dem Klappbett von Fjodor auf den Boden.
»Was ist los, Fjodor?«
»Mir ist irgendwie schlecht. Ein Portweinchen wär gut, aber es ist kein Geld da, sagt er.«
»Ich hab auch keins ...« Pjotr kramte schuldbewußt in seinen offenkundig leeren Hosentaschen. »Hast du denn eine Aspirin genommen?«
»Kobot hat mir irgendwas gegeben.«
»Na, dann schlaf, das ist die Hauptsache. Hast du heute geschlafen?«
»Den ganzen Tag.«
»Na, dann ist ja gut, morgen bist du wieder gesund. Oder wir rufen einen Arzt.«

»Nein, bloß nicht. Da werd ich lieber morgen gesund.«
»Steckt euch euern Arzt in den Arsch«, sagte Maxim, der gerade hereinkam. »Ich habe mal einen Arzt gerufen, da hat man hinterher nichts als Ärger, und es bringt überhaupt nichts. Kobot weiß, was er tut, er hat ihm Tabletten gegeben.«
»Was für welche, zeig mal her.«
»Da, auf dem Fußboden.«
Auf dem Fußboden lagen Päckchen mit Aspirin und Barbamilum.
»Ich hol morgen noch welche, andere«, sagte Maxim, »und überhaupt, mach mal halblang ... Vielleicht ist er gar nicht krank und hat sich nur an Fisch überfressen.«
Pjotr befingerte die Tabletten und Zeitschriften auf dem Fußboden, nahm ein Heft, in das Fjodor von Zeit zu Zeit schrieb, was ihm gerade einfiel – mal seine eigenen Gedanken, mal was er gehört hatte.
Er las die letzten Notizen:

Wenn der Mensch im Dunkeln ißt, mag er auch Dunkelfresser heißen, dann macht das nichts.

Gleich ist nicht gleich gleich.

Man muß sich klar darüber Rechenschaft ablegen, warum man nicht trinkt.

Mag es auch kluge Menschen geben, es ist egal.

Gezapftes ist billiger, und außerdem muß man keine Flaschen zurückbringen.

Man muß an das Leben glauben, es ist klüger. Bis hin zu dem Gedanken – wie es sich ergibt, so ist es in Ordnung.

Du hoffst, wie es sich ergibt, so ist es in Ordnung? Das heißt, der Teufel wird für dich die Wahl treffen.

Auf den Tod eines Freundes
Es fuhr daher ein LKW
Und überrollte Nikolai, oje!

»Nicht übel. Wann hast du das geschrieben?« fragte Pjotr.
»Das hat er heute produziert«, antwortete Maxim stolz.
»Das Gedicht auch?«
»Das auch.«
Pjotr schlug sich vor die Stirn und zog ein Buch aus seiner Aktentasche:
»Jetzt hört mal gut zu und unterbrecht mich nicht.«
Fjodor richtete sich auf und setzte die nackten Füße auf den Boden, Maxim blickte ein wenig finster drein. Beide steckten sich eine an.

»Dem Kind und Knaben, Freund der Stiche und Atlanten …«

Rückkehr aus Japan

Maxim und Fjodor saßen aneinandergelehnt auf einer kleinen Lichtung, die von einer dicken Schicht Aluminiumkronkorken bedeckt war; die Kronkorken bedeckten diesen zauberhaften Ort mit einer Schicht von einigen Zentimetern Dicke und funkelten kostbar in Gold und Silber.
Am Rande der Lichtung erstarrten die Spritzer und Wellen von bunten Glassplittern. Schade, hier wegzugehen, doch der Zug ging bald.
Fjodor hatte längst die Orientierung verloren – wohin fahren, in welche Richtung, wozu, aber Maxim bestand trotz allem auf der Rückkehr. Im übrigen brauchte man eigentlich nicht darüber nachzudenken, über eine Rückkehr – denn sie vollzog sich ganz von allein: Mal ergab es sich, daß sie per Anhalter weiterkamen, mal nickten sie betrunken in einem Güterzug ein – und er fuhr unbedingt in die richtige Richtung, in Richtung Europa.
Eine gemächliche und bewußtlose Rückkehr – als ob Maxim und Fjodor, an irgendein Hindernis gelehnt, dastünden und das Hindernis sich langsam, die Trägheit der Ruhe überwindend, fortbewegte.

»Maxim, du hast gesagt – da geht irgendein Zug?« fragte Fjodor.
Maxim hob den Kopf ein wenig und ließ ihn wieder sinken.

Fjodor brauchte keinen Zug; er empfand weder Verzweiflung noch Ungeduld, versuchte nicht, in die Zukunft zu blicken, und fürchtete sie nicht. Da nun Maxim aber von einem Zug gesprochen hatte ...
»He, Kumpel, du da, hilf mir mal, Maxim bis an den Zug zu bringen«, wandte sich Fjodor an einen Burschen, der gegenüber lag, einen zufälligen Zechbruder.
Jener hob den trüben, abwesenden Blick und sah Fjodor ohne jeden Ausdruck an:
»Was quatschst 'n du für 'n Scheiß?«
»Ich muß irgendwie Maxim hier wegschaffen.«
»Wohin?«
»Zum Zug.«
»Da brauchst du 'ne Fahrkarte. Hast du 'ne Fahrkarte?«
»Maxim hat gesagt – du hast die Fahrkarte, du hast sie gekauft. Weißt du nicht mehr?«
Der Bursche drehte seine Taschen um:
»Was für 'ne Fahrkarte, du Blödmann? Wo soll die sein?«
Aus seiner Hosentasche flatterten indes zwei Fahrkarten.
Fjodor hob die Fahrkarten auf, steckte sie Maxim in die Hosentasche, packte den letzteren unter den Achseln und schleifte ihn zu dem langen Bahnsteig, der durchs Gesträuch schimmerte.
Der Bursche schleppte sich hinterher, nach einigen Schritten jedoch ließ er sich auf die Knie fallen und erstarrte.
Fjodor schaffte es irgendwie über die Schienen, außer Atem und kurz vor der Bewußtlosigkeit, hievte Maxim wie durch ein Wunder – offenbar hatte jemand geholfen – in den Zug und sank neben ihm zu Boden wie ein Soldat, der mit seinem verwundeten Kameraden die Brustwehr

überwunden und sich in den sicheren Schützengraben gerettet hat.
Irgend jemand zerrte an ihm, fragte und wollte irgendwas, aber Fjodor hüllte sich in Schweigen und rührte sich nicht.

Als er erwachte, war Maxim nicht mehr neben ihm.
Der Zug fuhr schnell, die Wagentüren klapperten und schepperten.
Fjodor stand auf. Mit Entsetzen blickte er aus dem Fenster in die Schwärze und begab sich zaghaft in den Wagen. Eine trostlose Stickigkeit schwappte ihm entgegen. Maxim war dort nicht, es war überhaupt niemand da, außer einer Frau in einem speckigen Morgenrock und schrecklichen, glänzenden Strümpfen. Sie sah Fjodor haßerfüllt und neugierig an.
Fjodor schlug die Tür hinter sich zu. Stand eine Weile ungeduldig da, wegen des Durchzugs das Gesicht verziehend, dann öffnete er die Wagentür und sprang aus dem Zug.
Sein Körper sprang federnd vom Bahndamm ab und flog in einen Erlenhain.

Wieder bei Besinnung, als der Lärm des Zuges schon verhallt war, stand Fjodor auf und lief ungeschickt über den steinigen Bahndamm, auf das feuchte Funkeln der Schienen und eine Laterne zu.
Es wurde schon hell, aber die unter den Schuhen knirschenden Steine waren noch nicht zu sehen, die Füße rutschten weg und versanken in dem Kieselgemisch.
Nach etwa hundert Metern verließ Fjodor den Bahndamm und schleppte sich, mit den Armen das nasse Ge-

büsch auseinanderschiebend, den Tränen nahe, in die Richtung senkecht zur Bahnlinie.
Der Wald tropfte vor frühmorgendlicher Schwere; es war still.
Man konnte geradezu den Eindruck gewinnen, daß das Ganze ein schlimmes Ende nehmen würde.

Dritter Teil

Apokryphe Materialien zu Maxim und Fjodor

Maxims Jugend
(Materialien zur Biographie)

Als Maxim zwanzig Jahre alt wurde, schrieb er bereits eifrig Stücke; zu diesem Zeitpunkt hatte er schon folgende Stücke geschrieben und ausdrucksvoll auf Band gesprochen: »Drei Kognaks«, »Bakunin«, »Der verirrte Ikarus«, »Der Verfolger«, »Die Fahrt ins Grüne«, »Andrej Andrejewitsch«, »Bier für einen Mönch«, »Der Golem«, »Wassjas Schelebron« und andere.
Maxims Bekannte erinnern sich, daß die Stücke irgendwie nicht schlecht waren, aber niemand weiß mehr, wovon sie handeln.
Fjodor, der Maxim zu jener Zeit kannte, behauptet, die Stücke seien genial, aber zum Inhalt sagte er wenig Konkretes; man darf vermuten, daß es sich um Geschichten von irgendwelchen Dörfern handelte, von verschollenen Zechkumpanen und von Fjodor während seiner Schulzeit.
Maxims Exfrau bestätigte ebenfals die Genialität der Stücke und teilte mit, das Stück »Der verirrte Ikarus« handle von Ikarus und das Stück »Bakunin« von Bakunin. Ihrer Aussage kann man wohl glauben, denn sie befindet sich im Besitz der Bänder mit den Aufzeichnungen der Stücke. (Bedauerlicherweise wurden diese Bänder später mit Musik der Gruppen »ABBA« und »Boney M« überspielt.)
Maxims Exfrau erinnert sich wärmstens an die Abende, an denen Maxims Freunde sich die Stücke anhörten. Die

Atmosphäre war fröhlich und ungezwungen, man hatte Wein gekauft – alle wollten sich entspannen und amüsieren, oft wurde ein scherzhafter Ausdruck verwendet, der später zu einem geflügelten Wort wurde: »Maxim, steck dir deine Stücke in den Arsch!«

Ungeachtet dessen, daß das Schreiben von Stücken sehr viel Zeit in Anspruch nahm, arbeitete Maxim, offenbar zwecks Sammeln von Material für eine literarische Bearbeitung, als Hilfsbuchhalter in einer Kanzlei.

Zieht man in Betracht, daß sich Maxim in seiner Freizeit mit Hausarbeit befaßte und außerdem oft erwähnte, daß er gern als Hausmeister arbeiten würde, drängt sich eine Stelle aus der »Deutschen Ideologie« von Marx und Engels auf:

» ... in der kommunistischen Gesellschaft, wo jeder nicht einen ausschließlichen Kreis der Tätigkeit hat, sondern sich in jedem beliebigen Zweige ausbilden kann ... heute dies, morgen jenes zu tun, morgens zu jagen, nachmittags zu fischen, abends Viehzucht zu treiben, nach dem Essen zu kritisieren, wie ich gerade Lust habe ...«

Maxim war im wahrsten Sinne des Wortes nicht beschränkt auf einen ausschließlichen Kreis der Tätigkeit. So gab er im Alter von dreiundzwanzig Jahren, überraschend für alle Freunde, sowohl die literarische als auch die buchhalterische Tätigkeit auf, verwirklichte sich zwei Jahre lang ausschließlich auf militärischem Gebiet, zudem durchaus nicht als Dilettant, sondern in den Reihen der Streitkräfte.

Und das ist das wenige, was man über Maxims Jugend bis zu seiner Scheidung weiß – alle übrigen Informationen sind äußerst fragmentarisch und widersprüchlich; so behauptet seine Exfrau, daß er im Laufe der Jahre immer

traurfiger wurde und voll innerer Unruhe war, nicht zu Hause nächtigte und Freunden aus dem Weg ging, und Fjodor behauptet, daß Maxim im Gegenteil »auf alles pfiff und sich beruhigt hatte«.
Bei all diesen widersprüchlichen Aussagen weiß man überhaupt nicht mehr, worum es eigentlich geht.
Maxim selbst erzählt nie von seiner Jugend, und auf die Frage, wie sich sein Charakter herausgebildet habe, schaut er bloß traurig aus dem Fenster.

Also sprach Maxim

1

Mitten in der Nacht stand Maxim auf, um Wasser aus dem Hahn zu trinken, und nachdem er das getan hatte, setzte er sich an den Tisch und atmete tief durch.
Er hatte sich schon geräuspert und wollte aufstehen, da bemerkte er auf dem Tisch einen Karton mit der Aufschrift: »Für Maxim von Pjotr«.
Als er aber den Karton aufmachte, fand er darin braune Schuhe der Marke »Schnellschuh«.
Maxim grinste matt und überlegte, ob er schlafen gehen oder noch etwas Wasser trinken sollte. Und er sagte: »Was erwartest du, Pjotr, der einzige, der meinen Geburtstag nicht vergißt, eigentlich von mir? Dankbarkeit? Das Ehrlichste, was ich an Dankbarkeit zu bieten habe, kennst du: Steck dir deine Schuhe in den Arsch.
Aber du bekommst diese Dankbarkeit nicht von mir, keine Angst. Denn in dieser Welt bekommt jeder, was ihm seinen Absichten entsprechend gebührt; und dies ist mein Lohn.
Wahrlich, am besten solltest du glauben, daß ich dies auf dem Autopilot sage!«

2

»Ja, du hast es erraten – ich bin sanft und nostalgisch, wolltest du dies erneut in mir wecken? Hast du bemerkt, daß ich vor Neujahr nicht durch die Straßen gehen kann und Maxim zum Einkaufen schicke? Ich ertrage es nicht,

meine abgewürgte Kindheit in tausend glitzernden Tannenbäumen zu sehen.
Weißt du, was dein Geschenk bedeutet? Eine Blume auf dem Wege eines Läufers – auch auf einer Blume kann man ausrutschen; und was hat sie für einen Sinn? Was für einen Sinn hat eine Aspirin für Sokrates, wenn er den Schierlingsbecher geleert hat?«
Also sprach Maxim.

3

»Wahrlich, in Gift verwandelt habe ich mein Blut – und ich reiche es euch: Da, trinkt! Und du willst mir eine Aspirin geben?
Ich bereite dem Sensenmann den Weg. Ich lehre dich, zu sterben und den Boden zu bereiten für diejenigen, die nach ihm kommen – und nicht zu sterben wie der letzte Dreck, unter der Sichel.
Vergifteten Wein schlabberten dein Vater und deine Mutter unter donnernden Märschen – und dein erster Schrei, als du aus dem Schoße deiner Mutter kamst, war der Schrei eines verkaterten Menschen.
Du haderst also mit Gott – warum schiebt Er nicht den Deckel des Sargs zur Seite, in dem du lebst?
Doch wäre dir dann nicht noch bitterer zumute – denn auch dann könntest du dich nicht erheben, verkatert, wie du bist.
Du bist gutmütig und nachdenklich – da kraftlos und trunken. O wie gut, daß du dies wenigstens nicht eine Tugend nennst!
Weißt du, was man mit einem Baume tut, der keine Früchte trägt? Bis zu siebenundsiebzigmal wirft der Gute Gärtner die Erde darum auf.

Doch was, sag selbst, kann man mit einem vertrockneten Baum machen?
Geht der Sensenmann an euch vorüber? Die Bewegung des Lebens ist für euch ein Rotieren ein und desselben Kreises: das Erbrochene der Reue nach dem Weine der Unzucht.
Und was heißt schon Wein der Unzucht! – jedes Gift ist schon Nahrung für euch; ich fürchte, ich kann eure Evolution nicht einholen mit meinem reinen Gift.
Dabei seid ihr noch das Beste von diesem Dreck!
Der Sonnenuntergang färbte das Beste an Dir – doch die Schwere des Sonnenuntergangs ist keine Rechtfertigung – nicht Walsingham noch Wenitschka mit seiner durchbohrten Kehle können einen Aufschub erbetteln beim Sensenmann!«
Also sprach Maxim; und als er dies gesagt hatte, weckte er Fjodor, und jener kam in langer Unterhose in die Küche und setzte sich schweigend ihm gegenüber.
Und Maxim schenkte Portwein ein.

Maxim und Fjodor
Ein Briefwechsel

Sei gegrüßt, lieber Maxim!
Ich bin gut im Dorf angekommen. Mein Bruder freut sich sehr, er ist ein sehr lieber und gutmütiger Kerl. Ich möchte dir folgendes mitteilen: Wirf nicht alle meine Briefe weg, sondern lege sie in den Schrank, und ich werde deine auch nicht wegwerfen.
So werde ich nicht nur ein »Notizbuch« haben, sondern auch einen »Briefwechsel mit Freunden«, und später werde ich noch ein »Tagebuch eines Schriftstellers« führen.
Mehr gibt es nicht zu schreiben.

Auf Wiedersehen.
Fjodor.

Sei gegrüßt, lieber Maxim!
Habe vergessen, dir folgendes zu schreiben: Wie ich angekommen bin, da sage ich am nächsten Tag zu meinem Bruder – gehen wir in den Laden. Und er brachte folgenden Gedanken zum Ausdruck: Einen Laden gibt es in ihrem Dorf nicht, und im nächsten auch nicht, es gibt nur einen in Oshogin Wolotschok, und Selbstgebrannten hat er keinen.
Ich fragte: Wie lebt ihr dann hier? Er antwortete mir, daß sich immer alle Männer versammeln und einen ganzen Tag nach Oshogin Wolotschok gehen, und wenn es dort auch nichts gibt, dann gehen sie weiter bis in die Nacht

hinein, zusammen mit den Männern aus den anderen Dörfern.
Da sage ich: Also los, gehen wir. Wir kommen nach Oshogin Wolotschok mit unseren Schultersäcken, die hier alle Männer extra besitzen.
Mehr gibt es nicht zu schreiben.

Auf Wiedersehen.
Fjodor.

Sei gegrüßt, Fjodor.
Ach was … leck mich am Arsch.

Sei gegrüßt, lieber Maxim.
Ich staune immer noch über die vielsagende Tatsache, daß es in unserem Dorf keinen Laden gibt. Deswegen sterben viele Männer gegen Morgen oder bringen sich um. Weil sie nicht so weit laufen können.
Und auf dem Grab steht dann geschrieben: Er starb am Katzenjammer.
All das geschieht vor dem Hintergrund dessen, daß es hier keine Ausnüchterungszelle gibt. Darum kann man auf der Straße herumlaufen, soviel man will.
Habe deinen Brief erhalten. Schreib wieder.
Mehr gibt es nicht zu schreiben.
Habe große Sehnsucht nach dir; verneige mich dreimal tief vor dir, bis zur feuchten Mutter Erde.

Auf Wiedersehen.
Fjodor.

Sei gegrüßt, Fjodor.
Ich kann nicht schreiben, habe einen schrecklichen Kater.
Jetzt habe ich mich erholt, es geht mir besser.

Sei gegrüßt, lieber Maxim.
Hier haben mich alle liebgewonnen, weil ich Städter bin.
Vielen Männern habe ich zum Andenken mein Gedicht »Auf den Tod eines Freundes« aufgeschrieben.
Falls du dich nicht daran erinnern solltest, hier ist es noch einmal:

Auf den Tod eines Freundes
Es fuhr daher ein LKW
Und überrollte Nikolai, oje!

Die Männer hier sind alle liebe und gutmütige Kerle. Habe ihnen deine Briefe vorgelesen, sie haben ihnen gefallen. »Klasse, sagen sie, klar, so ist das mit dem Katzenjammer … Und erholt hat er sich, dann geht's ihm ja wieder gut, dem Maxim!« Aber meine Briefe, sagen sie, sind schlauer.
Ich habe ihnen hier folgendes beigebracht: nicht erst von Oshogin Wolotschok wieder nach Hause zurückzulaufen, sondern dort gleich alles auszutrinken. Nachts machen wir dort Lagerfeuer, ich lehre sie Zen-Buddhismus, wir singen Lieder. Und morgens – bitte sehr, da ist gleich der Laden!
Mehr gibt es nicht zu schreiben.
Ich senke meine Stirn ehrlich tief vor dir.

Auf Wiedersehen.
Fjodor.

Sei gegrüßt, Fjodor!
Es fällt mir jetzt schwer zu schreiben, Wassili wird für mich schreiben.

Sei gegrüßt, Fjodor!
Mit Interesse habe ich deine Briefe gelesen – und mir ist eine Stelle von Andrej Bely eingefallen:

»Gestern saß er in der Schenke,
Vertrank seinen Monatslohn,
Nun kehrt er in sein Dorf zurück,
Gebeugt von der Weite des Raums …«

Und weiter:

»Wartet auf Hunger und Kälte – grausam!
Gefängnis und Bettelstab vor sich.
Wilder, starker Wodka,
Ergieß dich wie Feuer in die Brust!«

Doch, mein Gott, die Lage heute ist ja noch schlechter!
Und überall, wie sich herausstellt!
Denn das Land – was heißt hier Land, es gibt überhaupt kein Land –, das ganze Volk ist im Begriff zu degenerieren.
Trunkene Tränen tropften alle geraden Pfade zu und sind im Begriff, sich in einen Sumpf zu verwandeln.
»Bereitet die Wege zu Gott, macht sie gerade!« – sonst noch was? »Alles ist zugekotzt, und allen geht es schlecht, man kann Sturm läuten – niemand wird auch nur einen Finger rühren …«, schrieb ein Klassiker.
Und ist es nicht noch schlimmer? Alles ist zugekotzt und allen geht es *gut*, und alle sind ergriffen und voll trunkener Hoffnung, einen künstlichen Regenbogenhimmel haben sie über der Hölle gespannt.

Na schön … auf Wiedersehen.
Wassili.

Sei gegrüßt, lieber Maxim.
Ich habe Wassilis Brief erhalten. Danke. Wassili, schreib öfter.
Mir geht es gut. Wir haben uns im Wald bei Oshogin Wolotschok eine Erdhütte gebaut. Einige Männer aus Oshogin Wolotschok leben mit uns in dieser Erdhütte gut und einträchtig zusammen.
Ich habe ein Gedicht geschrieben, das sie allen möglichen Frauen vorlesen, wenn Frauen zu unserer Erdhütte kommen. Hier ist das Gedicht:

An eine Unbekannte
Schwirr schon ab!
Marsch und ab!

Es gibt eine zweite Fassung:

An eine Unbekannte
Schwirr schon ab!
Der Arsch ist ab!

Aber die zweite Fassung habe ich keinem erzählt, ist mir peinlich.
Mehr gibt es nicht zu schreiben.

Auf Wiedersehen.
Fjodor.

Sei gegrüßt, lieber Maxim.
Wie du mir schreiben wirst, so soll es sein, weiß selbst nicht, was tun. Ich erzähle dir also, was war.
Die Kumpels und ich, wir kommen morgens in den Laden, und einer, Nikolai (der ist sehr in Ordnung), sagt: »Tante Mascha! Gib uns zehn Flaschen Rachenputzer.«

Und da sagt die Verkäuferin plötzlich: »Feierabend! Gestern ist schon der Vorsitzende dagewesen, und der hat gesagt: Die Heuernte hat angefangen. Gib denen nix mehr! Und es wird auch nix mehr geliefert, solange Heuernte ist.«

Nikolai sagt: »Heuernte hin, Heuernte her, her mit dem Rachenputzer.«

Sie zu ihm: »Feierabend!«

Da hat dann Nikolai seinen Gedanken folgendermaßen in Worte gefaßt: »Wenn das so ist, dann hätte der Vorsitzende zu dir, du Aas, besser gleich gesagt: Alle erschießen, denn die Heuernte hat angefangen!«

Und sie zu ihm: »Verschwinde, Nikolai, du gottloser Geselle!«

Da fingen sie an, mich zu drängeln – sag doch, daß du aus der Stadt bist.

Und ich wollte ihr gerade meine Vorstellungen auseinandersetzen, da sagt sie: »Und euren Städter will ich hier nicht gesehen haben! Der hat euch doch angestiftet, wegen dem wohnt ihr doch in dieser Erdhütte!«

Maxim, Maxim! Mir wurde so elend, und ich habe mich geschämt, ich habe sogar die Hände vors Gesicht geschlagen, bin aus dem Laden raus und habe mich auf die Vortreppe gesetzt.

Da kamen die anderen auch raus, und wir liefen die Straße entlang immer der Nase nach.

Schick mir ein Telegramm, Maxim.

Mehr gibt es nicht zu schreiben.

Ich senke meine Stirn dreimal ehrlich tief vor dir.

Auf Wiedersehen.

Fjodor.

Fjodor, es reicht, daß du da abhängst, komm zurück!

Maxim.

Sei gegrüßt, lieber Maxim.
Ich habe dein Telegramm erhalten, danke.
Weißt du, Maxim, ich habe nachgedacht und sehe, daß ich nicht alle Männer mitnehmen kann, denn wahrscheinlich könnten wir nicht alle in unserem Zimmer einquartieren, wir passen nicht alle rein (vielleicht passen wir ja doch alle rein?); und in unserm Hof eine Erdhütte zu graben – im Winter wird das zu kalt sein.
Darum kann ich jetzt noch nicht kommen, ich bleibe und werde nachdenken, was ich tun soll.

Auf Wiedersehen.
Fjodor.

Fjodors Tagebuch

1. März

Heute ist der 1. März. Habe beschlossen, außer einem Notizbuch auch noch ein Tagebuch zu führen. Haben diesen Anlaß begossen.

2. März

Erinnere mich an rein gar nichts, was gewesen ist. Eigentlich schade, wollte alles ganz genau aufschreiben.

3. März

Heute gehe ich zur Toilette, und da steht an der Wand: Agapow war hier. Ich frage Maxim: Maxim, wer ist eigentlich Agapow?

Maxim sagt zu mir, daß gestern ein Agapow bei uns zu Besuch gewesen sei, vom Krieg erzählt habe, und ich hätte alles aufgeschrieben und sogar geweint. Ich sehe nach – in der Tat, in meinem Notizbuch steht:

»Ich habe in Deutschland gedient, in einer Kaserne, die noch von den Deutschen gebaut war. Einmal, da habe ich Dienst in der Kantine, die erste Schicht hat schon gegessen, wir richten alles her für die zweite, räumen das Geschirr ab. Auf einmal kommt ein Deutscher von einem Gehöft angerannt, das in der Nähe unserer Einheit liegt. ›Ich muß sofort den Regimentskommandeur sprechen! Rufen Sie den Regimentskommandeur!‹

Na ja, wir überlegten und riefen ihm den Regimentskommandeur. Und da erzählt dieser Deutsche, daß es bei ihm

auf dem Hof noch ein deutsches Archiv gibt, und in diesem Archiv gibt es ein Dokument, aus dem geht hervor, daß ebendiese Kantine vermint ist und gerade heute zur Essenszeit in die Luft fliegen soll. Kannst du dir das vorstellen? Genau diese unsere Kantine, in der wir uns gerade befinden, haben die Deutschen vor zwanzig Jahren vermint, und dann haben diese Mistkerle es auch noch extra so eingerichtet, daß sie zur Essenszeit in die Luft fliegt!
Also, der Regimentskommandeur überlegte – und befahl allen, die Kantine zu verlassen. Und kaum waren wir alle draußen, da kracht's auch schon! Von der Kantine – und unsere Kantine war enorm, ein halber Kilometer – war nichts mehr übrig, da war nicht mal mehr ein Steinchen, groß wie dieser Kronkorken, zu finden. Nur noch ein Bombentrichter von hundert Meter Durchmesser.
Also, den Bombentrichter haben wir zugeschüttet, alles in Ordnung gebracht – und dann haben wir an derselben Stelle eine neue Kantine gebaut.
Und was meinst du? Ein halbes Jahr war vergangen – wieder eine Explosion, und die ganze Kantine war zum Teufel! Was für Mistkerle, diese Deutschen, wie sie alles vermint haben auf ihrem Rückzug!«
Diesen Vorfall hat mir, wie sich herausstellt, Agapow erzählt. Habe es gelesen und bin gleich in den Laden gerannt.

4. März

Heute ist Samstag. Haben diesen Anlaß gefeiert.

5. März

Morgens hatte ich Lust, irgendwas zu trinken.
Gesagt, getan, wir haben einen gehoben, nicht ohne

Auswirkungen. (Postskriptum von Wassili: Fjodor, warum schreibst du aus deinem Notizbuch so lange Geschichten ab? Außerdem: Schreib verständlicher, zum Beispiel kann man statt des Ausdrucks »nicht ohne Auswirkungen« schreiben: »habe rückwärts gegessen« oder »habe gekotzt«.)

6. März

Habe mit Wassili gewettet: Kann man sich mit trockenem Merlot bis zum Autopilot besaufen? Er hat gesagt, daß nein, aber ich habe sehr schnell gewonnen.

7. März

Morgen ist der 8. März. Haben diesen Anlaß gefeiert.

8. März

Haben den 8. März gefeiert.

9. März

Haben den 9. März gefeiert.

10. März

Wassili hat Fusel angeschleppt und Pjotr Rachenputzer. Haben Cocktails gemacht. War klasse.

11. März

Haben heute sechs Flaschen Rachenputzer gekauft. Und alle eingepfiffen.

12. März

Schon Mitte März, aber kalt. Haben zum Aufwärmen einen Rachenputzer leer gemacht.

13. März

Heute ist Sonntag. Mit Ach und Krach einen Rachenputzer besorgt.

14. März

Morgens ruft mich Maxim mit sehr schwacher Stimme: »Fjodor! Fjooodor!« Ich bin zu ihm, sage: »Was ist, Maximuschko?« Und er zu mir: »Komm, wir zwitschern uns einen Rachenputzer!« Ich hatte nichts dagegen.

15. März

Wassili taucht auf, ich sage zu ihm gleich auf der Schwelle:
»Basille! Rakinpucé ou la mort?«*
Er wurde blaß, sagt:
»Rakinpucé.«**
Und ich zu ihm:
»Korrekt!«

16. März

Heute morgen stand Wassili auf, um zur Arbeit zu gehen, schwankte und fiel um. Ich renne los, rufe Pjotr an: »Pjotr!« sage ich. »Pjotr! Komm sofort her, Wassili ist schlecht!«
Pjotr kriegt einen Schreck, fragt: »Was soll ich mitbringen – Portwein oder Rachenputzer?«
Ich sage: »Bring Rachenputzer mit!« Ich warf den Hörer auf und rannte los.

* Wassili! Rachenputzer oder Tod? (franz.)

** Rachenputzer (franz.)

17. März

Heute sage ich zu Maxim: »Maxim, wenn wir heute wieder Rachenputzer trinken, dann werden wir krank.«
Er war derselben Meinung. Haben Portwein getrunken.

18. März

Morgens habe ich zu Maxim gesagt: »Maxim, mach was du willst, aber ich, muß ich gestehen, habe beschlossen, mich heute vollaufen zu lassen!«
Maxim klopfte mir auf die Schulter und sagte: »Ich auch!«

19. März

Erinnere mich an nichts, was gewesen ist.

20. März

Erinnere mich an nichts.

21. März

Maxim ist natürlich ein gutmütiger Kerl, aber heute hat er mich sehr beleidigt.
Ich habe ihm endlich erzählt, daß ich Kosmonaut werden will, und er hat angefangen, mich zu beleidigen. Ich habe mich vor Kummer sehr betrunken.

22. März

Heute war Maxim wieder böse. Er hat so geschimpft, daß Pjotr zu ihm gesagt hat:
»Maxim, sei nicht so genervt, Nervenzellen regenerieren sich nicht.«
Aber Maxim hat wild um sich geguckt und geschrien:
»Um die Scheiße tut's mir nicht leid!«

Dann hat er eine Flasche 33er Portwein gegriffen und sie sich direkt in den Hals gekippt. Wir waren noch nicht auf dem Autopilot, und er war schon abgesackt.

23. März

Heute wacht Maxim auf und guckt und guckt aus dem Fenster. Ich habe auch angefangen, aus dem Fenster zu gucken – die Sonne scheint, es ist warm, wie auf dem Land oder damals, wie ich noch zur Schule gegangen bin, da war es auch manchmal so warm.
Und ich sage zu Maxim:
»Maxim, siehst du, wie warm es ist, wie schön! Alle Vögel und Tiere sind froh und singen, daß sie den Winter überstanden haben, daß der Winter vorbei ist. Wie die Bäume heute sind, siehst du? Und hier, was ich dir zu sagen habe, Maxim: Du kannst ein Jahr nicht trinken, zwei Jahre nicht trinken, aber heute einen zu heben ist gottgefällig!«
Und Maxim guckt immer noch aus dem Fenster und sagt:
»Wir werden heute nicht trinken.«
»Wie, Maxim, überhaupt gar nicht?«
»Überhaupt nicht, Fjodor.«
»Und morgen?«

Kommentare

Widmung *Konstantinow, Igor* – unbekannter russisch-sowjetischer Dichter, Maler, Musiker, Persönlichkeit des öffentlichen Lebens, Lehrer von Wladimir Schinkarjow.

Motto *Platonow, Andrej Platonowitsch* (1899 – 1951) – russisch-sowjetischer Schriftsteller. Das Motto stammt aus der Erzählung »Dshan« (1934), einem der bedeutendsten Werke Platonows.

11 *Maxime* – (lat. »maxima sententia« – das höchste Prinzip) kurzer Ausspruch, der eine moralische Lebensregel in zugespitzter Form formuliert. Charakteristisch für den Aphorismus.

Gesetze der Dialektik – Einheit und Widerstreit der Gegensätze, Umschlag von Quantität in Qualität, Negation der Negation stellen einen wesentlichen Aspekt der Dialektik dar – der Theorie und Methode der Erkenntnis der Wirklichkeit in ihrer Entwicklung und Eigendynamik, der philosophischen Wissenschaft von den allgemeinen Entwicklungsgesetzen der Natur, der Gesellschaft und des Denkens; die Dialektik ist der Metaphysik entgegengesetzt.

suizidal – wörtlich: »selbstmord-«, engl. »suicide« – Selbstmord.

12 *Bücher, über die man besser nicht mit flüchtigen Bekannten spricht* – Literatur, die zur Zeit der Stagnation als antisowjetisch galt, z. B. »Maxim und Fjodor«.

13 *Bier besteht aus Atomen* – viele Gegenstände bestehen aus Atomen, darunter auch Bier. Bier unterscheidet man nach Qualität in der Reihenfolge: Dosenbier (3,5 l und mehr), Flaschenbier (0,5 l) und wieder Dosenbier (0,33 l).

Äsop – altgriechischer Fabeldichter (6. Jh. v. Chr.), der als Urvater (Kanonisierer) der Fabel gilt.

molekulare Struktur – eine Reihe von Gegenständen besteht außerdem noch aus Molekülen.

14 *Eskapismus* – (engl. »escape« – fliehen, sich retten) – Bestreben einer Person, vor der Wirklichkeit in eine Welt der Illusionen und Phantasien zu flüchten.

15 *Steingarten* (philosophischer Garten, Ryoanji-Garten) – Komposition aus fünfzehn Steinen beim Ryoanji-Tempel (Kyoto, Japan), 15. Jh., von Soami. Die Steine sind so angeordnet, daß man von jedem beliebigen Punkt aus nur vierzehn sehen kann. Ort abgeschiedener Kontemplation.

Hokku (Haiku) – Genre der japanischen Dichtkunst. Nichtrhythmisierter Dreizeiler, besteht aus 17 Silben (5 + 7 + 5). Zeichnet sich aus durch Einfachheit der poetischen Sprache, Freiheit der Darstellung.

Tanka (kurzes Lied) – Genre der japanischen Dichtkunst. Nichtrhythmisierter Fünfzeiler, bestehend aus 31 Silben (5 + 7 + 5 + 7 + 7). Zeichnet sich aus durch poetische Eleganz und Lakonie.

Tank (engl. »tank«) – Kampf-, Raupen-, Panzerfahrzeug. Erstmals von englischen Truppen im 1. Weltkrieg eingesetzt.

Schützenpanzerwagen – gepanzertes Raupenfahrzeug oder Kampffahrzeug auf Rädern für den Transport von Schützen und Waffen zum Schlachtfeld. Erster Einsatz in Großbritannien 1918.

Sakura – Zierkirsche. Symbolbaum Japans. Früchte nicht eßbar.

Kyoto – Stadt auf der Insel Honshu (Japan), bis 1868 japanische Hauptstadt.

Mikasa, Kasuga, Awaza, Inamizuma, Tago – japanische Städte.

Rjabowo, Rshewka, Griwa, Piskarjowka, Wsewoloshsk – Städte und Siedlungen im Gebiet Leningrad.

Petrokrepost – Stadt im Gebiet Leningrad. Bis 1611 – Oreschek, 1702–1944 – Schlüsselburg.

16 *Sake* – japanischer Reiswein.

Bude – Verkaufsstelle (ugs.).

Zen-Buddhismus – s. Kommentar zu S. 19.

Maxim stand da mit erhobenem Finger … – Das Hokku beschreibt ein in der Praxis des Zen verbreitetes Koan – der plötzlich erhobene Zeigefinger statt einer Antwort kann zum Satori führen.

Bastmatte – fest geflochtene Matte aus Bast, Stroh, Ried oder Gras. Bei den asiatischen Völkern eine Sitzunterlage.

ließ sich geradewegs auf eine Bastmatte fallen … – in einer früheren Fassung: »ließ sich geradewegs auf eine Tatami fallen …«

Tatami – japanische Matte aus Stroh. Im Sport eine elastische Matte für Judo. Maße 1,4 x 1,4 m.

17 *Ransetsu* (1652 – 1707) – japanischer Dichter, Schüler von Basho.

Selbstbetrachtung – Wie die Meditation besondere

psychische Aktivität einer Person, deren Ziel es ist, einen Zustand intensiver Konzentration zu erreichen. Im Zen verbreitet als Methode der Abstrahierung der empirischen Welt. Wird begleitet von körperlicher Entspannung, Abwesenheit emotionaler Äußerungen.

Fuji – Fudschijama, aktiver Vulkan auf der Insel Honshu (3776 m). Heiliger Berg der Japaner. Beliebtes Motiv in der japanischen Kunst.

Hokusai, Katsushika (1760 – 1849) – japanischer Maler und Zeichner, Meister des Farbholzschnitts. Vertreter des Ukiyo-E.

wie smaragdener Jaspis … – Wein- oder Bierflaschen wurden zu der beschriebenen Zeit aus halbdurchsichtigem grünem Glas hergestellt.

Harakiri (jap. »hara« – Bauch, »kiri« – schneiden) – rituelle Form der Selbsttötung mittels Aufschneiden des Bauches, üblich unter den Samurai, wurde nach einer Verurteilung oder auch freiwillig verübt.

Fresse – Gesicht (grob).

Akutagawa, Ryunosuke (1892 – 1927) – japanischer Schrifsteller.

18 *Von Tränen naß warn Fjodors Ärmel …* – traditionelles Bild der japanischen Lyrik – die nassen Ärmel des Kimonos einer leidenden Frau.

19 *Zen* – japanisches Äquivalent zum chinesischen »chan«, aus dem Sanskritwort »dhyana«. Im Hinduismus und Buddhismus konzentrierte Betrachtung, Meditation (s. Anm. zu S. 16). Die Zen-Buddhisten verbinden den »dhyana«. mit der Praxis des »Satori«, der plötzlichen »Erleuchtung«, mit der Entdeckung der Weisheit Buddhas im individuellen transformierten Bewußtsein des Menschen. Charakteristisch ist die absolute Ablehnung jeder äußeren Form des menschlichen Daseins. Begründer war der indische Prophet Bodhidharma (6. Jh. n. Chr.)

Koan – » … System, welches gegenwärtig von den meisten Anhängern des Zen befolgt wird. Wörtlich bedeutet Koan ein allgemein bekanntes, öffentliches Dokument, mit dessen Hilfe der Lehrer versucht zu überprüfen, wie tief ihn seine Schüler verstehen.« (Doktor Daisetsu Teitaro Suzuki, aus: »Leben im Zen«, London 1950.)

Steck dir doch deinen … – paradoxe und unlogische Antwort auf eine Frage – beinahe obligatorischer Schluß eines Zen-buddhistischen Gleichnisses.

Bodhidharma – erster Patriarch des Zen in China, der Anfang des 6. Jh. n. Chr. die Idee des Zen aus Indien nach China brachte.

Worin besteht der Sinn der Ankunft Bodhisattwas aus dem Süden? – analog zur Frage: »Worin besteht der Sinn des Zen-Buddhismus?«

20 *Daisetsu Teitaro Suzuki* (1870 – 1966) – japanischer Wissenschaftler und Philosoph, propagierte den Zen-Buddhismus in Japan und Europa, Autor zahlreicher Bücher über den Zen. Gehörte keiner japanischen Schule des Buddhismus an, wird jedoch in Japan als erleuchteter Buddhist verehrt.

verpaßte ihm eine aufs kranke Ohr – das Gleichnis erinnert an einen Ausspruch eines der Patriarchen des Zen: »Wenn ich Buddha begegnete, würde ich ihm eine über die Rübe geben.«

Tritt in den Arsch – Tritt unterhalb des Rückens, üblicherweise mit dem Fuß (vulg.).

21 *daß er den Mut fand, seinen Fehler nicht zu korrigieren* – »Wenn du einen Fehler gemacht hast, bringe den Mut auf, ihn nicht zu korrigieren.« – Aphorismus von I. Konstantinow

den Kater in die Flasche stecken – Das Gleichnis erinnert an eines der bekanntesten traditionellen Gleichnisse: Der Schüler fragte: »Ein Gänschen hat man in einen Krug gesteckt. Es wächst heran und wird zu einer Gans und paßt nicht mehr durch den Hals des Kruges. Wie holt man es heraus, ohne den Krug zu zerbrechen?« Statt einer Antwort rief der Lehrer laut den Namen des Schülers. »Das bin ich!« erwiderte der Schüler. »Sieh mal«, bemerkte der Lehrer ruhig, »die Gans ist schon frei.« Der Schüler hatte eine Erleuchtung.

24 *Monogatari* (Legende) – Genre der japanischen erzählenden Literatur. Im weiteren Sinne – Erzählung, Roman, im engeren Sinne – Werke des 9. – 16. Jh. n. Chr.

Kleopatra (69 – 30 v. Chr.) – letzte ägyptische Königin (ab 51) aus der Dynastie der Ptolemäer (s. Alexander Sergejewitsch Puschkin: »Ägyptische Nächte«).

wischte die Flasche ab ... – Weinflaschen wurden von den Spirituosenfabriken in Kisten mit Holzwolle an die Geschäfte geliefert.

29 *Repin, Ilja Jefimowitsch* (1844 – 1930) – russischer Maler, Wandermaler. »Die Wolgatreidler« (1870 – 1873). Meister der Zeichnung.

Ottomane – eine Art Sofa

30 *Carné, Marcel* (geb. 1909) – französischer Filmregisseur. Der Film »Der Tag bricht an« (1939) zeigt

die tragische Einsamkeit des Menschen in einer Welt, in der Verrat und Gemeinheit herrschen.

32 *Lied über meinen Maxim* – stilistische Nachahmung der »Cantar de mio Cid« (Mitte des 12. Jh.) – ältestes der epischen Poeme über die Heldentaten des spanischen Ritters Rodrigo Ruy (etwa 1040 – 1099).

»Shiguljowskoje«, »Martowskoje«, »Admiraltejskoje« – Flaschenbiersorten.

Gaudi, Antonio (Gaudi y Cornet) – spanischer Architekt (1852 – 1926), arbeitete in Barcelona.

Und zog sie wie ein Schwert … – im Epos werden fünf verschiedene Methoden des Öffnens von Bierflaschen beschrieben.

35 *»Bjelomor«* – Papirossy der Marke »Bjelomor-kanal« (Weißmeerkanal) (ugs.).

Balda – Held aus dem Märchen von Alexander Sergejewitsch Puschkin »Märchen vom Popen und seinem Arbeiter Balda« (1830) (russ. »balda« – Dummkopf).

37 *Sprengsatz* – (russ.» jorsch« – 1. Kaulbarsch, 2. Gläserbürste, Flaschenbürste, Rohrreiniger) – Cocktail aus verschiedenen alkoholischen Getränken (zum Beispiel Wodka und Bier) (ugs., allt.).

38 *Finita la tragedia* – »die Tragödie ist zu Ende« (ital.).

»Erwachen«, »Sonne Rußlands« – illustrierte Petersburger Zeitschriften zu Beginn des Jahrhunderts. Vgl. »Ogonjok« bis 1985.

43 *Blow up* – 1. auftauchen, erscheinen; 2. Wutanfall, Skandal; 3. fotografische Vergrößerung (Supplement zum Großen englisch-russischen Wörterbuch, Red. I. R. Galperin, Verlag »Russische Sprache«, Moskau, 1981).

»Blow up« (fotografische Vergrößerung) – Titel eines Spielfilms des italienischen Regisseurs Michelangelo Antonioni (1967, Großbritannien, Sieger des Internationalen Filmfestivals in Cannes). Der Film zeigt das Streben des Künstlers zu ungeschminkter Realität und reportagehafter, wahrheitsgetreuer Darstellung der Fakten. Die Schlußszene des Films zeigt den Schaffensprozeß einer beinahe materiellen Wirklichkeit des Gedankens, des Spiels; das Spiel ist gelungen, doch die Wirklichkeit: zack! hat sich verändert ... Die Erzählung »Blow up« beschreibt einen analogen Prozeß.

Pantheismus (griech. »pan« – alles, »theos« – Gott) – religiöse und philosophische Lehre, die Gott und das Weltganze gleichsetzt.

44 *Spritleichen* – (russ. etwa: Politursäufer) – Politur (lat. »politura« – Appretur, Poliermittel), 10 – 20%ige alkoholische Lösung und Naturharz (gewöhnlich Schellack). Bildet beim Auftragen auf eine Holzoberfläche eine transparente, glänzende Schicht. Hier: Anspielung auf die Verwendung von P. als Ersatz für alkoholische Getränke.

47 *Mechanobr* – Ilja Davidowitsch Kobot arbeitet bei Mechanobr (»Allsowjetisches, mit dem Roten Arbeitsbanner ausgezeichnetes Forschungs- und Projektierungsinstitut für die mechanische Verarbeitung von Bodenschätzen«). 199026 Leningrad, W. O. 21. Linija, Nr. 8 a.

50 *»Die Version des Oberst Sorin«* – Spielfilm von 1979, Regie: A. A. Bobrowski, Mosfilm (die Zeit der Handlung läßt sich somit auf 1979/80 datieren).

54 *auf der dunkelblauen Uniform* – offensichtlicher

Anachronismus, die sowjetische Miliz wechselte lange vor der Zeit der Handlung von »Blow up« von dunkelblauer zu grauer Kleidung (etwa 1970).

55 *Rinaldo Rinaldini* – italienischer Räuber.

57 *Demis Roussos* – griechischer Schlagersänger. Nach der Frequenz des Vorkommens seiner Konterfeis zu urteilen, Ende der siebziger Jahre der populärste Mann in Leningrad.

Was kaufst du Trantüte eigentlich Wermut, wo es doch Portwein in den Läden gibt? – Pjotr wiederholt als wahrer Schüler Maxims dessen Satz wörtlich.

Eherner Reiter – Denkmal für Peter den Ersten in Leningrad des Bildhauers Étienne Falconet (1778).

58 *schuften wie Carlo* – sehr viel und angestrengt arbeiten (ugs.). Papa Carlo – Figur aus dem Märchen für Kinder von Alexej Tolstoi »Die Abenteuer des Burattino«.

59 *Bely, Andrej* (Bugajew, B. N., 1880 – 1934) – russischer, sowjetischer Schriftsteller. Einer der führenden Symbolisten.

Blok, Alexander Alexandrowitsch (1880 – 1921) – berühmter russischer Lyriker.

Anthroposophie (griech. »anthropos« – Mensch und »sophia« – Weisheit) – mystische, dekadente Lehre, Spielart der Theosophie. Im Zentrum der A. steht das vergöttlichte menschliche Wesen, das nur für Eingeweihte offen ist. Die A. wurde von dem deutschen Okkultisten Rudolf Steiner begründet (1861 – 1925).

Alkonaut (ugs. aus »Alkohol« und griech. »nautes« – Seefahrer) – Alkoholiker; dass. – »Alki« (russ. »Alkasch«).

60 *Ellington, Edward* (Duke) (1899 – 1974) – amerikanischer Pianist, Jazz-Komponist, Begründer verschiedener Stile des Jazz.

Beatles (The Beatles) – (russ. ugs. »bittls«, »bitls«, »bitlis«, »Bitls«, »Beatles«) – weltberühmte englische Rockgruppe (1959 – 1970), Quartett: J. Lennon, P. McCartney, G. Harrison, R. Starr.

62 *Lamaismus* (tibet. »Lama«) – eine der Hauptströmungen des Buddhismus, entstanden im 7. – 14. Jh. in Tibet auf der Grundlage von Mahajana und Tantrismus mit Elementen der Bon-Religion. Wichtigste Religion der Tibeter, Burjaten und Tuwiner. Der Lamaismus erkennt alle wichtigen Dogmen des Buddhismus an und schreibt den Lamas eine besondere Retterrolle zu.

67 *Schestow, Lew Isaakowitsch* (eigentl. Schwarzman, 1866 – 1938) – russischer Religionsphilosoph und Literat. 1920 emigriert. Nähe zur Lehre Kierkegaards. Kritik des Rationalismus in Philosophie, Ethik und Theologie. Anerkennung der Absurdität des Lebens und des mystischen Glaubens als Mittel der Erlösung. Wissenschaft und Vernunft erforschen nach Schestow das für die Persönlichkeit als unwiederholbares Individuum am wenigsten Wertvolle.

68 *Lotophage* – wörtlich: »Lotosfresser«, hier: Individuum, »abgefahren« (verrückt nach) auf ostasiatische Lehre und Philosophie.

69 *McCartney* (Paul McCartney, geb. 1942) – englischer Rockmusiker.

71 *Guo Xi* (um 1025 – 1100) – berühmter chinesischer Landschaftsmaler, in die Kunstgeschichte einge-

gangen als Vollender der Traditionen der monumentalen Landschaft des 10./11. Jh.

Guo Xi hat geschrieben ... – ungenau. Das von Pjotr angeführte Zitat stammt von Guo Xu, dem Sohn des Künstlers, der nach dem Tode des Vaters dessen Äußerungen über die Kunst der Malerei gesammelt hat. Vom Sohn stammen die Einführung und der Schlußteil. »An jenen Tagen, da mein Vater den Pinsel zur Hand nahm, setzte er sich unbedingt ans helle Fenster an einen sauberen Tisch, entzündete ein Räucherstäbchen, nahm einen feinen Pinsel und vortreffliche Tusche, wusch sich die Hände, reinigte das Tuschtöpfchen. Als erwarte er einen wichtigen Gast. Sein Geist war ruhig, die Gedanken waren konzentriert. Dann begann er zu arbeiten.« Traktat Guo Xis »Über das hohe Wesen der Wälder und Decken« in der Anthologie Yu An Lans. Peking, 1950 (Übersetzung ins Russ. von K. Samosjuk).

Renaissance – Periode in der kulturellen und ideengeschichtlichen Entwicklung West- und Mitteleuropas (in Italien 14.–16. Jh., in anderen Ländern Ende 15./16. Jh.), Übergangsperiode von der Kultur des Mittelalters zur Kultur der Neuzeit. Humanistische Weltanschauung, Hinwendung zum kulturellen Erbe der Antike, dessen »Wiedergeburt«. In der Epoche der Renaissance verbreiteten sich die Ideen des Neoplatonismus und Pantheismus (s. Anm. zu S. 47).

Fasten – religiöses Verbot, überhaupt Speisen zu sich zu nehmen oder bestimmte Arten davon. Mittel der Läuterung und Erneuerung der menschlichen Seele. Während der Fasten ist die Beteiligung an jeder Form von Vergnügungen verboten.

72 *»Und wüßten sie ...«* – ungenaues Zitat aus dem Gedicht von Anna Achmatowa »Was sollen mir der Odem und endloses Heer« (1936), aus dem Zyklus »Berufsgeheimnisse«: Und wüßten sie, wie ohne Scham / Gedichte wachsen, und aus welchem Müll, / Wie durch das Zaunloch gelber Löwenzahn, / Wie Melde und Dill (Die hier zitierte Übersetzung stammt von Rainer Kirsch. Anm. d. Ü.)

Faust – Held deutscher Volkslegenden und der Weltliteratur, Symbol für Wissensdrang. Der Prototyp ist Doktor Johannes Faust (1480 – 1540), Astrologe. Über den Bund zwischen F. und dem Teufel (Mephistopheles) zuerst in dem deutschen Volksbuch »Historia von D. Johann Fausten, dem weitbeschreyten Zauberer und Schwartzkünstler« (1587).

74 *Kurzum, sehr bald ... und weiter* – Wassilis Erzählung erinnert an die Legende vom Doktor Faust.

77 *Metropolit Antoni* – Antoni Blum, zeitgenössische Persönlichkeit der russischen orthodoxen Kirche.

78 *Samsara* (sanskr. »Wanderung«) – im Hinduismus und Buddhismus die Vorstellung von einer Kette von Übergängen aus einer leiblichen Hülle in die andere, Kreislauf von Geburt und Tod. Die Seelenwanderung geschieht in Übereinstimmung mit dem Gesetz des Karma (Vergeltung).

Sukkubus – Dämon weiblichen Geschlechts im westeuropäischen Volksbewußtsein.

Inkubus – dass. männlichen Geschlechts. Eine Spielart zum Leben erwachter Toter, die die Gewohnheit haben, sich mit Lebenden zu vermählen.

Kyniker – nach ihrem Versammlungsort, dem Gymnasion Kynosarges, benannte griechische Philosophenschule, gegründet von Antisthenes. Der bekannteste Kyniker ist Diogenes von Sinope. Die K. fanden, daß man Glück und Tugend nur erlangen könne durch Abkehr von den materiellen Gütern der Zivilisation und von sinnlichen Genüssen. Sie setzten sich über die von der Gesellschaft sanktionierten Normen und religiösen Kultformen hinweg.

Mainz – Stadt am Rhein in der Bundesrepublik Deutschland, bekannt seit der Antike.

Main, Rhein – Flüsse auf dem Territorium der Bundesrepublik Deutschland.

Golstinia – russische Bezeichnung des Herzogtums Holstein (seit dem 11. Jh.). Seit 1949 Schleswig-Holstein – Land (Verwaltungsbezirk) der Bundesrepublik Deutschland, 15,7 Tsd. Quadratkilometer, Bevölkerung 2,6 Mio. (1978), Verwaltungszentrum: Kiel.

Pannonien – lat. »Pannonia«. Römische Provinz, entstanden im 8. Jh. unserer Zeitrechnung, nahm einen Teil des Territoriums des heutigen Ungarn, Österreich und Jugoslawien ein. Benannt nach den dort lebenden illyrischen Pannoniern.

Sawatthi, Jettawan – Städte in Indien.

Sandwich-Inseln (Hawaii) – Archipel im Stillen Ozean, 24 Inseln, Gipfel eines vulkanischen Gebirgsrückens, tropische Regenwälder. Urlaubsgebiet der USA.

79 *Orechowo-Sujewo* – Stadt (seit 1917) im Gebiet Moskau am Fluß Kljasma, sehr altes Zentrum der Baumwollindustrie.

Mephistopheles (Mephisto, dtsch. Mephistopheles) – Teufel, Bild des bösen Geistes in der Folklore der europäischen Völker, literarische Figur in Goethes »Faust« und anderen literarischen Werken.

Priene – antike Stadt an der Westküste Kleinasiens, entstanden im 11. Jh. v. Chr., Blütezeit vom 4. bis 1. Jh. v. Chr. Erhalten sind Ruinen von Wohn- und Gemeinschaftsgebäuden, Tempeln und Befestigungen.

Bias – »Der Sohn des Teutam aus Priene, den Satyr für den ersten von sieben hält. Die einen nennen ihn einen reichen Mann, Durid dagegen einen Schmarotzer.« (Diogenes Laertios. »Leben und Meinungen der berühmten Philosophen«.)

Theben – antike griechische Stadt in Böotien, Zentrum des Böotischen Bundes griechischer Städte vom 6. bis 4. Jh. v. Chr.

Platon (427 – 347 v. Chr.) – griechischer Philosoph und Idealist, Schüler des Sokrates.

80 *Westler* – russische Geistesrichtung Mitte des 19. Jh., setzten sich ein für eine Entwicklung Rußlands nach westeuropäischem Vorbild, Gegenbewegung zu den Slawophilen.

Lotman, Juri Michailowitsch (1922 – 1993) – sowjetischer Literaturwissenschaftler, Kulturwissenschaftler im historisch-philosophischen Kontext.

Bachtin, Michail Michailowitsch (1895 – 1975) – sowjetischer Literaturwissenschaftler, Kunsttheoretiker (»Probleme der Poetik Dostojewskis«, Moskau, 1979).

82 *»Geschwätz erstarb. Ich trat auf die Bühne …«* – aus Boris Pasternaks (1890 – 1960) Gedicht »Hamlet« in »Doktor Shiwago«. (Die hier zitierte deutsche Übersetzung stammt von Reinhold von Walter. Anm. d. Ü.)

83 *»Hinter einem Felsenriffe ...«* – russisches Volkslied.
»Nach halber Fahrt durch unser Erdenleben ...« – Dante Alighieri (1265 – 1325), »Göttliche Komödie«, Übersetzung ins Russ. von M. L. Losinski (1886 – 1955). (Die hier zitierte deutsche Übersetzung stammt von August Vezin. Anm. d. Ü.)

84 *Puschkin* – Stadt im Gebiet Leningrad (bis 1918 Zarskoje Selo, bis 1937 Detskoje Selo). Palast- und Parkanlage aus dem 18./19. Jh.
Menschikow auf dem Gemälde von Surikow – gemeint ist das Bild »Menschikow in Berjosowo« (1883) des russischen Malers Wassili Surikow (1848 – 1916).

85 *Dunkelfresser* – so nannte wohl Platon Diogenes, weil der letztere in einer Tonne ohne Fenster und Licht lebte. Dies berichtet zum Beispiel Diogenes Laertios in dem Buch »Leben und Meinungen der berühmten Philosophen«. (Verlag »Gedanke«, Moskau 1979).

89 *»Bouquinist«* – in Leningrad bekanntes Geschäft für alte und antiquarische Bücher (Litejny prospekt 59).

93 *Herakles* (lat. Herkules) – Held aus der griechischen Mythologie, Sohn des Zeus. Mit außergewöhnlicher Körperkraft ausgestattet, vollbrachte er zahlreiche Heldentaten. Am bekanntesten ist der Sagenzyklus über die zwölf Heldentaten des Herkules.
Witebsker Bahnhof – Fernbahnhof in Leningrad. Erster Bahnhof in Rußland (1837), von dem aus die erste russische Eisenbahnlinie ihren Anfang nahm.

94 *»Du Lulatsch, semipelagianistischer«* – Maxim spielt an auf die Nähe von Pjotrs Aussagen zur sogenannten pelagianistischen Häresie.

Pelagianismus – Lehre des christlichen Mönchs Pelagius (um 360 bis nach 418) legte im Gegensatz zur Konzeption der Gnade und Vorherbestimmung des Augustinus den Akzent auf die moralisch-asketischen Bemühungen des einzelnen Menschen, wobei sie die Macht der Erbsünde ablehnte. Als Häresie verurteilt auf dem 3. Ökumenischen Konzil (431). Der Pelagianismus ist überhaupt charakteristisch für Pjotr; »dem Menschen ist nichts unmöglich und so«, »was wir wollen, das tun wir auch« – diese Repliken Pjotrs stellen eine verkürzte Zusammenfassung der pelagianistischen Häresie dar.

98 *»Literaturnaja gaseta«* – Organ der Leitung des Schriftstellerverbands der UdSSR, Moskau. Erscheint seit 1929, seit 1967 wöchentlich (16 Seiten). Beleuchtet Fragen der Literatur, Kunst, Politik und Gesellschaft, Wirtschaft, Soziologie, Moral, Ökologie, Geschichte und andere. (»Die ›Lit. gaseta‹ ist eine sowjetische Wochenzeitung für die Intelligenzija.« – Definition der »Stimme Amerikas«.)

Baudelaire, Charles (1821 – 1867) – französischer Dichter, Vorgänger des französischen Symbolismus.

99 *»Dem Kind und Knaben ...«* – russische Übersetzung von Marina Zwetajewa. (Die hier zitierte deutsche Übersetzung stammt von Carl Fischer. Anm. d. Ü.)

Eremitage (franz. »hermitage« – Rückzugsort) – Museum für Kunst und Kulturgeschichte in Leningrad, eines der größten Museen der Welt. Gegründet 1764 als Privatsammlung Katharinas der Zweiten. Offen für Publikum seit 1852. Hervorragendes Architekturensemble.

Portrait Jeremias Dekker – Porträt des holländischen Malers Rembrandt Harmensz van Rijn (1606 – 1669).

101 *Vivekananda Swami* (1863 – 1902) – indischer Denker und Humanist, religiöser Reformator und Persönlichkeit des öffentlichen Lebens.

Dualismus (lat. »doppelt«) – philosophische Lehre, ausgehend von der Anerkennung der Gleichberechtigung zweier Ursprünge – des Geistes und der Materie. Bedeutender Repräsentant ist René Descartes.

102 *Ich brauche keine Million …* – Pjotr erinnert an die Worte Dmitri Karamasows aus Dostojewskis »Die Brüder Karamasow«.

Wenigstens für einen kleinen – gemeint ist ein kleiner (0,25 l) Krug Bier an der Bude, kostet 11 Kopeken.

103 *Vonnegut, Kurt* (geb. 1922) – amerikanischer Schriftsteller, der in seinem Werk die Kunstgriffe der Groteske und des Gleichnisses benutzt.

Ablaßzettel – (Indulgenz) in der katholischen Kirche: Vergebung der Sünden, sowie das Zeugnis darüber.

2 Rubel 42 Kopeken, 4 Rubel 12 Kopeken – Preise für mit Spiritus verschnittenen Wein (in Flaschen zu 0,7 l) und Wodka (0,5 l), gültig für das Jahr 1980.

Gnade (griech. »charisma«, lat. »gratia«) – nach religiöser Vorstellung besondere göttliche Kraft, die dem Menschen von oben herabgeschickt wird zwecks Überwindung seiner ihm innewohnenden Sündhaftigkeit und zur Erlangung der Erlösung.

104 *Aspirin* (acidum acetylsalicylicum, Acetylsalicylsäure) – Salicyläther der Essigsäure (Aspirinum).

Wirkt fiebersenkend, schmerzlindernd und entzündungshemmend.

105 *Barbamilum* – 5-Äthyl-5-Isoamyl-Barbiturat Natrium. Wirkt schlaffördernd, beruhigend, krampflösend. Bei Schlaflosigkeit, Epilepsie und Erregungszuständen.

Gezapftes ist billiger – gemeint ist Schankbier im Gegensatz zu Flaschenbier.

107 *Kronkorken bedeckten diesen zauberhaften Ort ...* – Beschreibung einer gewöhnlichen Gegend jenseits eines Bahnsteigs des Vorortzuges.

111 *Apokryphen* (griech. »geheim«, »heimlich«) – Werke der frühchristlichen Literatur, die nicht in den biblischen Kanon aufgenommen sind.

113 *Stücke* – die Titel der Stücke entsprechen in der Regel nicht realisierten literarischen Vorhaben William Shakespeares oder seiner Freunde.

Bakunin, Michail Alexandrowitsch. (1814 – 1876) – russischer Revolutionär, Theoretiker des Anarchismus, einer der Ideologen der revolutionären Volksbewegung.

ABBA – Anfang der achtziger Jahre populäre schwedische Rockgruppe. Der Name ist eine Abkürzung aus den Anfangsbuchstaben der Quartettmitglieder.

Boney M – Ende der siebziger Jahre populäre westdeutsche, schwarze, englischsprachige Rockgruppe.

114 *»Deutsche Ideologie«* – Gemeinschaftsarbeit von Karl Marx und Friedrich Engels, mit der sie eine ausführliche Konzeption des materialistischen Verständnisses der Geschichte vorstellten. Geschrieben 1845 bis 1846, in der UdSSR erstmals veröffentlicht

1932. In der »D. I.« findet sich der Begriff der sozialökonomischen Formation, des Staates als Waffe der ökonomisch herrschenden Klasse (in: MEW Bd. 3, S. 33).

116 *Also sprach Maxim* – das Kapitel imitiert stilistisch das bedeutende Werk des deutschen Philosophen Friedrich Nietzsche (1844 – 1900) »Also sprach Zarathustra«.

»Schnellschuh« – (russ. »Skorochod«) Leningrader Schuhfabrik, gegründet 1962. Produziert verschiedene Arten von Schuhwerk von geringer Qualität und von geringem Gebrauchswert.

117 *Schierling* – mehrjährige Sumpfgrasart aus der Familie der Schirmblütler, giftig. Sokrates wurde zum Tode durch Vergiftung mit dem Saft des Schierlings verurteilt.

118 *Walsingham* – Figur aus Alexander Sergejewitsch Puschkins »Gelage zu Zeiten der Pest« (1830).

Wenitschka – Figur des Poems von Wenedikt Jerofejew »Die Reise nach Petuschki«.

119 *Briefwechsel zwischen Maxim und Fjodor* – Fjodor orientiert sich an der Schaffung von Werken wie Dostojewskis »Tagebuch eines Schriftstellers« und Gogols »Briefwechsel mit Freunden«.

Oshogin Wolotschok – Dorf im Kreis Batjezk, Gebiet Nowgorod.

122 *schrieb ein Klassiker* – gemeint ist hier Wenedikt Jerofejew (1938 bis 1990), russischer sowjetischer Schriftsteller (am bekanntesten ist sein Poem »Die Reise nach Petuschki«).

123 *Rachenputzer* – (russ. »Kossorylowka«) Wodka, vorzugsweise billige Sorten lokaler Herstellung.

128 *Autopilot* – Zustand, in dem ein bis zur Bewußtlosigkeit betrunkener Mensch noch nicht eingeschlafen ist.
8. März – Internationaler Frauentag, Feiertag. In der UdSSR kein Arbeitstag.

129 *Portwein* – kein portugiesischer, versteht sich.

Der Hausigel
Ein Märchen

Igel sind bekanntlich Waldtiere. Es gibt natürlich auch Wüstenigel und Steppenigel und irgendwelche Ohrenigel, aber ich hab noch nie welche gesehen. Jedenfalls sind Igel keine Haustiere. Wenn man einen Igel aus dem Wald mit nach Hause nimmt und ihn über Winter dabehält, dann kann man ihn im Sommer nicht mehr zurück in den Wald bringen; er wird zum Haustier und ist das gefährliche Leben in der Wildnis nicht mehr gewöhnt.
Einmal war ein Hausigel krank geworden, und seine Leute brachten ihn ins Krankenhaus. Er lag dort lange, ein ganzes Jahr; und als er wieder gesund war, wußte man nicht mehr, wohin man ihn entlassen sollte: Seine Leute waren umgezogen und hatten den Igel ganz vergessen, sie hatten ihn nie besucht oder ihm Sachen gebracht. In den Wald konnte er nicht mehr zurück, denn kann man etwa nach so einer langen Krankheit wieder im Wald leben?
Es blieb ihm nichts übrig, als im Krankenhaus zu bleiben. Alle Ärzte und Krankenschwestern freuten sich sogar, daß er bei ihnen blieb, denn er war ein gutmütiger Igel, verstand sich auf vieles, schmückte das Krankenhaus mit selbstgemalten Bildern, und schnitt aus Buntpapier Girlanden.
Einige Leidensgenossen im Krankenhaus bedauerten den Igel, daß er kein Zuhause hatte, aber der Igel fühlte sich überhaupt nicht unglücklich. Er half den Krankenschwestern, fuhr die Patienten im Rollstuhl herum, und

in seinem Nachttisch hatte er immer Farben, Pinsel und Malpapier. Alle hatten den Igel gern, und darum wunderte sich niemand, als eine Katze ihn bat, bei ihr einzuziehen.

Katzen sind Haustiere, sie haben immer ein Zuhause. Es gibt auch wilde Katzen, das sind Katzen, die herumstromern, aber das sind, ehrlich gesagt, ziemlich böse und nicht gerade kluge Tiere.

Die Hauskatze ist ein schönes und kluges Tier, sie liebt ihr Zuhause, und wenn sie verwildert und anfängt herumzustromern, dann ergeht es ihr schlimmer als einer wilden Katze: Sie lebt auf dem Müll.

Auch der Igel mochte die Katze sehr, keiner war so lieb zu ihm, keiner schnurrte so schön wie sie. Die Haare der Katze waren weich und warm, das war etwas ganz anderes als diese Igelstacheln. Die Katze roch lecker nach Milch, die ein Igel nicht weniger gern mag als eine Katze.

Die Katze und der Igel lebten von nun an zusammen und waren glücklich – der Katze gefiel sogar, daß der Igel so pieksende Haare hatte, die man täglich eine ganze Stunde glätten mußte, und daß er nachts immer laut raschelte (Igel haben eine schlechte Angewohnheit: Sie gehen niemals zeitig schlafen, sondern wuseln überall herum).

Die Katze kaufte dem Igel einen Mantel und Filzstiefel, und morgens gingen sie im Park spazieren oder ins Kino. Tagsüber räumte die Katze zu Hause auf und machte das Mittagessen, und der Igel sammelte Kartoffeln oder schmückte das Haus mit Bildern. Die Katze mochte die Bilder so gern, daß es ihr leid tat, wenn der Igel ein oder zwei Bilder seinen alten Leidensgenossen aus dem Krankenhaus brachte.

Abends erzählten sie einander alles, was ihnen tagsüber

widerfahren war, sie spielten Dame oder liefen einfach im Haus herum und sangen: »Was ist des Igels Katz doch wirklich für ein Schatz!«

Dann legte sich die Katze schlafen, und der Igel wuselte noch eine Weile herum. Die Katze lag da und hörte, wie der Igel in der Küche Kartoffeln aß oder malte, sie fühlte sich wohl und ruhig, sie legte die Ohren an und schlief ein.

Im Sommer fuhren sie mit der Vorortbahn ins Grüne, sahen sich den Wald an, in dem der Igel gelebt hatte, als er noch ein wilder Igel gewesen war. Die Katze fauchte, sie verstand nicht, wie man im Wald leben konnte. Der Igel lachte, aber er war ein wenig traurig.

So lebten sie lange und meinten, daß sie bis ins hohe Alter so glücklich sein würden, daß der Igel ein alter Igel und die Katze eine alte Katze werden würde und daß sie dann genauso einträchtig, auf ihre Stöcke gestützt, spazierengehen würden.

Aber dann kam ein sehr schwüler, heißer Sommer, dann ein sehr feuchter, kalter Herbst, und die Katze wurde launisch. Sie war ganz verwöhnt, ihr schien, daß der Igel zu stachelig sei und einer Katze ganz unähnlich und daß sie eigentlich mit einem katzenähnlichen Tier hätte Freundschaft schließen müssen, mit einem, das schön war und wuschelig und verspielt. Und sie lernte so ein Tier kennen.

Und das tat die Katze im Winter: Sie sagte dem Igel, daß sie eine Dienstreise machen werde, dann zog sie dem Igel die Filzstiefel und den Mantel an und brachte ihn zurück ins Krankenhaus.

Der Igel verstand zuerst nicht, daß man ihn wieder im Krankenhaus lassen wollte, und wartete in aller Ruhe auf

die Katze. Die Katze rief in den ersten Tagen mehrmals im Krankenhaus an und fragte, ob es dem Igel gutgehe, ob er neue Freunde gefunden habe, ob er satt sei.
Eine Krankenschwester sagte ihm, daß die Katze ihn wahrscheinlich für immer im Krankenhaus abgegeben habe und nicht mehr mit ihm zusammenleben und sich mit einem Iltis anfreunden würde – mit einem lustigen, wuscheligen, verspielten Iltis.
Der Igel dachte, daß die Krankenschwester nur scherze und sich über ihn lustig mache, er lachte selbst und sagte, daß die Katze bald von der Dienstreise zurückkommen und ihn abholen würde und daß sie dann wieder schön und einträchtig miteinander leben würden – die Katze würde das Haus in Ordnung halten und das Essen kochen, und der Igel würde Kartoffeln sammeln und das Haus schmücken. Der Krankenschwester tat der Igel leid, und sie sagte ihm nichts davon, daß die Katze ihn hatte sitzenlassen. Aber der Igel hatte schon verstanden, daß es genau so war.

* * *

Oft kam ein Hund ins Krankenhaus zu seinem kranken Sohn, ging mit ihm im Hof spazieren und las ihm Bücher vor. Der Hund war ein Nachbar der Katze und kannte den Igel und seine ganze Geschichte gut, er bot dem Igel Apfelsinen und Äpfel an, brachte ihm Farben und Pinsel mit, damit der Igel mit seinen Bildern und Girlanden das Krankenhaus schmückte.
Aber der Igel malte nicht mehr. Gewöhnlich saß er auf seinem Bett und schwieg. Natürlich bedankte er sich bei dem Hund für das Obst, aber er aß fast nichts davon.

Einmal sagte der Hund zu ihm, daß die Katze ihm die Apfelsinen schicke. Der Hund wollte dem Igel eine Freude machen, aber der nahm die Apfelsinen gar nicht an und bat sogar darum, der Katze den Mantel und die Filzstiefel zurückzubringen.
Der Hund war sehr durcheinander und wußte nicht, was er tun sollte. Er erinnerte sich daran, wie fröhlich der Igel früher gewesen war, wieviel Freunde er gehabt hatte, wie alle ihn gern gehabt hatten.
Und jetzt hatte der Igel keine neuen Freunde im Krankenhaus, denn er saß ja immer nur da und schwieg und spielte mit keinem.
Solange es ihm gut gegangen war, hatten ihn alle gern gehabt; aber seit es ihm schlecht ging, hatten sie aufgehört, ihn gern zu haben.
Aber auch der Katze ging es nicht gut, keiner hatte sie mehr gern. Sie begann sich nach dem Igel zu sehnen, nach ihren Gesprächen, ihren Liedern; sie betrachtete die Bilder, die der Igel zurückgelassen hatte, und weinte. Der Iltis wurde böse auf sie und warf alle Bilder durcheinander. Der Iltis selbst konnte nur lachen und angeben.
Bald hatten sie die ganzen Kartoffeln aufgegessen, die der Igel gesammelt hatte, der Iltis schlich im Haus umher, gähnte, und dann verließ er die Katze, um zu räubern. Denn der Iltis war ein Räuber – er lauerte auf der Straße Hühnern auf, brachte sie richtig um und aß sie auf.
Die Katze blieb allein zurück. Jeden Abend ging sie den Hund besuchen und fragte ihn nach dem Igel aus, aber der Hund wußte nur zu erzählen, daß der Igel dasitze und schweige.
Die Katze ging nach Hause und legte sich schlafen, konnte aber lange nicht einschlafen, sie erinnerte sich

daran, wie sie früher eingeschlafen war, als der Igel in der Küche Kartoffeln gegessen und beim Malen mit seinen Pinseln Geräusche gemacht hatte, und alles war friedlich und glücklich gewesen, und morgens waren sie aufgewacht und im Park spazierengegangen.

Die Katze ging immer ins Krankenhaus, wenn die Patienten Ausgang hatten, und sah zu, wie der Igel im Krankenhausmantel und in Krankenhausfilzstiefeln im Hof spazierenging. Die Katze wollte gern mit dem Igel sprechen und ihn um Verzeihung bitten, damit er nach Hause zurückkäme, aber sie schämte sich. Sie sah, daß der Igel sie bemerkte, aber nicht zu ihr kam. Und dann kam er überhaupt nicht mehr zum Spaziergang heraus. Da hielt es die Katze nicht mehr aus, sie stürmte zum Igel ins Krankenhaus und sagte:

»Lieber Igel, verzeih mir bitte! Komm zurück zu mir! Du bist gut, und der Iltis ist böse!«

Der Igel fragte:

»Und wenn der Iltis besser gewesen wäre, hättest du dich dann nicht an mich erinnert?«

»Lieber Igel, du bist für mich der beste von allen!«

Der Igel dachte nach und sagte:

»Wie werde ich denn wieder bei dir leben? Können wir je wieder so froh sein, herumspringen und Lieder singen? Ich werde jetzt immer Angst haben, daß dir plötzlich ein gutes Tier begegnet und du mich wieder ins Krankenhaus gibst ...«

Da verkündete im Krankenhaus die Glocke, daß die Besuchszeit zu Ende war, und die Krankenschwestern begannen, alle Besucher hinauszuwerfen. Der Hund verließ seinen kranken Sohn, aber die Katze konnte man nicht hinauswerfen.

Doch der Igel schwieg, dann verabschiedete er sich und ging in sein Zimmer. Im Korridor löschten sie das Licht, die Katze ging nach Hause. Sie war sehr traurig und weinte, glaubte aber trotzdem daran, daß der Igel es sich noch anders überlegt, ihr verzeiht und zu ihr zurückkehrt.

Am nächsten Tag stand sie früh auf, putzte das Haus, kochte das leckerste Essen und begann, auf den Igel zu warten. Verzeih ihr, Igel, wir alle bitten dich sehr!

✂- - - - - Hier abtrennen – nicht für Kinder - - - - -

Schlußvariante zwei, wie bei Lew Tolstoi:

… putzte das Haus, kochte das leckerste Essen und begann, auf den Igel zu warten.

Aber der Igel kam nicht heute und nicht morgen. Der Igel ergab sich dem Suff und krepierte an einem Zaun. Und die Katze lebte fortan zusammen mit irgendeinem ussurischen Muffel (Hyppophtalmichtys molitrix ussuriensis).